Inhalt

Dem berühmten Goethe,
dem ersten der lebenden Autoren, der seinem Lande eine Literatur geschaffen und die Europas verherrlicht hat, wagt ein Fremder eine Huldigung darzubringen, wie sie dem literarischen Vasallen gegenüber seinem Lehnsherrn gebührt.
Das unwürdige Produkt, welches der Verfasser ihm zu widmen sich erlaubt, heißt

Sardanapal

Vorwort

Indem ich die nachstehenden Tragödien[1] der Öffentlichkeit übergebe, habe ich nur zu wiederholen, dass sie entfernt nicht in der Absicht gedichtet wurden, dieselben auf die Bühne zu bringen. Bei einem Versuch, den die Theaterdirektoren mit einem meiner früheren Stücke machten, hat das Publikum bereits sein Urteil gesprochen. Was meine eigenen Gefühle betrifft, so sage ich lieber nichts, da es scheint, dass sie doch für nichts eine Lanze brechen würden.

Was die geschichtliche Grundlage dieser Gedichte anbelangt, so verweise ich den Leser auf die Anmerkungen.

Der Verfasser hat bei dem einen Stücke versucht, die dramatische Einheit festzuhalten, bei dem andern, sich derselben möglichst zu nähern, da er der Ansicht ist, dass bei einer zu großen Abweichung hiervon wohl ein Gedicht, aber kein Drama bestehen kann.

Er weiß, dass diese Ansicht unter den englischen Literaten dermalen nicht populär ist; allein es ist ja kein erst von ihm erfundenes System, vielmehr nur eine Ansicht, die aber vor nicht langer Zeit als erstes literarisches Gesetz in der ganzen Welt galt, und in den zivilisierteren Teilen noch als solches gilt. Indessen nous avons changé tout cela und ernten nun den Nut-

[1] »Sardanapal« erschien ursprünglich zugleich mit den beiden Werken »Foscari« und »Cain«.

zen von dieser Änderung. Der Verfasser ist weit entfernt, zu glauben, dass eine von ihm aufgestellte Regel oder ein von ihm gegebenes Beispiel dem gleichkomme, was seine der Regel folgenden, oder sogar seine regellosen Vorgänger hierin getan. Er will nur seine Gründe darlegen, weshalb er die regelmäßigere Form für ein wenn auch noch so schwaches Gebäude dem Umgangnehmen von aller Regel vorgezogen hat. Wo er gefehlt hat, liegt der Fehler am Architekten, nicht an den Regeln der Kunst.

Personen des Dramas

Sardanapal, König von Ninive und Assyrien
Arbaces, der medische Thronprätendent
Belesis, Chaldäer und Wahrsager
Salimenes, Schwager des Königs
Altada, assyrischer Palastoffizier
Pania
Zamis
Sfero
Balea
Zarina, Königin
Myrrha, eine ionische Sklavin und Favoritin Sardanapals
Frauen vom Harem Sardanapals, Wachen, Diener, chaldäische Priester, Meder

Szene: eine Halle im königlichen Palast von Ninive.

Erster Akt

Erster Auftritt

Halle im Palast

Salimenes *(allein).* Gekränkt hat er die Königin, doch ist
Er noch ihr Herr; hat meine Schwester auch
Gekränkt und ist mein Bruder noch, hat selbst
Sein Volk gekränkt und ist noch dessen Herrscher.
Ich aber muss sein Freund, sein treuer Knecht
Jetzt sein: So darf er nicht zu Grunde gehn.
Ich will nicht sehn, wie Nimrods Blut und der
Semiramis verrinnet, und ein Reich
Von dreizehnhundert Jahren abschließt wie
Ein Schäferspiel. Er muss geschüttelt werden.
In seinem Herzen lebt, so sehr es auch
Verweichlicht ist, ein sorgenloser Mut,
Den noch Verderbnis nicht zerfressen hat,
Und eine Stärke, die zurückgehalten
Durch manchen Umstand ist, doch nicht zerstört,
Getaucht in Wollust, doch nicht drin ertränkt.
Kam als ein Bauer er zur Welt, er wär'
Ein Mann geworden, der ein Reich errang;
Geboren auf dem Thron, wird keines er
Einst hinterlassen mehr, nur einen Namen,
Den seine Söhne groß nicht schätzen werden.

Doch noch ist alles nicht verloren, noch
Kann gut er machen seine Schmach und Schwäche,
Wenn er nur ist, was er uns sollte sein;
Was doch so leicht, als was er nicht sollt' sein,
Doch ist. Wär's wen'ger Arbeit denn, sein Volk
Regieren als sein Leben zu verbrauchen?
Ein Heer zu führen, als ein Harem leiten?
Er schwitzt bei Lüsten, die ihn doch nur schwächen,
Verdummt den Geist, vergeudet seine Kraft
In Mühn, die nicht Gesundheit geben wie
Die Jagd, noch Ehre wie der Krieg. Er muss
Emporgerüttelt werden! Ach, das ist
Der Ton nicht, der ihn donnernd weckt vom Schlaf.

Klänge einer sanften Musik von Innen.

Horch, Lauten, Zimbeln, zarter Instrumente
Entnervendes Geklimper, weichliches!
Der süße Laut von Stimmen junger Mädchen
Und Wesen, die nicht einmal Mädchen sind,
Sie klingen in das Echo seiner Mahle,
Indes der König der bekannten Welt,
Bekränzt mit Rosen auf dem Ruhbett lehnt,
Und seine Krone leichthin liegen lässt,
Sodass die erste beste Manneshand,
Die darnach greift, sie ihm auch nehmen kann.
Da kommen sie! Schon atme ich die Düfte
Der Wohlgerüche, die den Zug umwehn,
Ich schau' der Mädchen funkelnde Demanten,
Die sein Gefolge bilden, seinen Rat.
Da flimmern sie die Galerie entlang,

Und unter ihnen, fast so mädchenhaft
Wie sie, im gleichen, weibischen Gewand,
Erscheint der Enkel der Semiramis,
Der Weibermann! – Er naht. Erwart' ich ihn?
Ja, ich begegne ihm und sage ihm,
Was unter sich die Ehrenmänner sagen,
Wenn sie von ihm und seinem Hause reden.
Sie nahn, die Sklaven, von dem Herrn geführt,
Der doch der Sklave seiner Sklaven ist.

Zweiter Auftritt

Sardanapal, weibisch gekleidet, mit einem Blumenkranze auf dem Kopf, das Gewand nachlässig umgeworfen und von einem Gefolge von Mädchen und jungen Sklaven begleitet, tritt auf.

Sardanapal *(zu den Dienern)*. Den Pavillon am Euphrat schmückt mit Blumen
Und Lampen aus, und richtet ihn mir her,
Um dort ein festliches Bankett zu halten.
Um Mitternacht soll dort getafelt werden.
Seht zu, dass es an nichts gebricht, und stellt
Auch die Galeere mir bereit. Es weht
Ein kühlend Lüftchen, das die Wellen kräuselt
Im klaren Strom, wir wollen alsbald fahren.
Ihr schönen Nymphen, die ihr lieb und hold
Die sanften Stunden mit mir teilen wollt,
In jener süßesten sehn wir uns wieder,
Und scharen uns wie jene Sterne dort:

Dann schafft ihr einen Himmel mir, der strahlt
Wie jener dort. Bis dahin sei ein jeder
Herr seiner Zeit. Du, meine Myrrha, wähle:
Willst du mit ihnen oder mir?

Myrrha. Oh Herr!

Sardanapal. »Oh Herr?« Mein Herz, was kommst du
mir so kalt?
Der Kön'ge Fluch ist's immer, dass man ihnen
So Antwort gibt. Gebiete deinen Stunden,
Und du gebeutst auch meinen - sprich, willst du
Mit unsern Gästen gehn, willst lieber du
Mir selbst hinweg die Augenblicke zaubern?

Myrrha. Des Königs Wahl ist meine.

Sardanapal. Bitte, sprich
Nicht so! Mein höchstes Glück besteht darin.
Dir jeden deiner Wünsche zu erfüllen.
Ich wage nicht den eignen. Wunsch zu nennen,
Damit er gegen deinen nicht verstößt,
Denn allzuschnell bringst stets du dein Verlangen
Zum Opfer dar.

Myrrha. Ich möchte bei dir bleiben;
Mein Glück ist nur, das deine anzuschaun.
Gleichwohl –

Sardanapal. Gleichwohl? Nun was? Dein holder Wille
Soll ja die einz'ge Schranke sein, die je
Sich hebe zwischen mir und dir.

Myrrha. Ich glaub',
Es ist des Staatsrats Stunde jetzt; drum war'
Es besser wohl, ich zöge mich zurück.

Salimenes *(tritt vor)*. Gut spricht die Ionierin: Sie ziehe sich zurück.

Sardanapal. Wer gibt hier Antwort? – Ach, du bist's!
Der Kön'gin Bruder!

Salimenes. Und des Königs auch,
Und, Euer treuster Untertan, mein Fürst.

Sardanapal *(zum Gefolge)*. Wie ich gesagt, so tut mit eurer Zeit
Bis Mitternacht, wo ich euch wieder bitte. *(Der Hof zieht sich zurück)*
(Zu Myrrha, die ebenfalls gehen will) Wie, Myrrha, bleibst du nicht?

Myrrha. Mein König, du
Befahlst es nicht.

Sardanapal. Doch sagten deine Blicke,
– Und alle kenn' ich dieser ion'schen Augen –
Sie sagten mir, du woll'st mich nicht verlassen.

Myrrha. Herr! Euer Bruder –

Salimenes. Seines Weibes Bruder!
Du ion'sche Dirn', wie wagst du's mich zu nennen
Und wirst nicht rot?

Sardanapal. Nicht rot? Am Auge fehlt,
Am Herzen fehlt es dir, da du sie ja

So scharlachrot machst wie den Tag, der sinkt
Am Kaukasus, wenn Sonnenschein den Schnee
Mit Rosenfarben malt, - und sie dann schiltst,
Weil blind du bist, weil du nichts sehen willst.
Du bist in Tränen, Myrrha?

Salimenes. Lass sie fließen,
Sie weint für mehr als einen, und ist selbst
An Tränen Schuld, die noch viel bitterer.

Sardanapal. Verflucht, wer diese Tränen fließen machte!

Salimenes. Fluch dir nicht selbst, wie schon Millionen tun.

Sardanapal. Vergiß dich nicht, und mahne mich nicht dran,
Dass ich ein Herrscher bin.

Salimenes. Ich wollt', ich könnt's.

Myrrha. Mein König, und auch du, mein Prinz, ich bitte,
Erlaubt mir, dass ich geh'.

Sardanapal. Da es sein muss
Und dieser Murrkopf deinen zarten Geist
Beleidigt hat, so geh'. Doch denke dran,
Dass bald wir, bald uns wieder müssen sehn.
Eh' misste ich ein Reich als dich. *(Myrrha ab.)*

Salimenes. Vielleicht
Dass beide du bald missen musst, und ewig.

Sardanapal. Zum wenigsten kann ich mich selbst beherrschen,
Da solche Sprache ruhig ich vernehme.
Doch treibe mich, mein Bruder, nicht heraus
Aus dieser meiner ruhigen Natur.

Salimenes. Gerade ja aus dieser ruhigen,
Zu ruhigen und müssigen Natur
Möcht' ich heraus dich treiben. Könnt' ich doch
Empor dich stacheln, wär's auch gegen mich.

Sardanapal. Beim Baal, er möcht' mich zum Tyrannen machen.

Salimenes. Du bist es schon. Glaubst du, es gäbe nur
Die Tyrannei durch Blut und Kettenklang?
Des Lasters Tyrannei, der Üppigkeit
Entkräftung und Ruin, die Indolenz,
Stumpfsinn, geschlechtlicher Vergehen Folgen
Erzeugen uns zu Tausenden Tyrannen
Und dieser Favoriten Grausamkeit
Tut mehr des Schlimmen als ein strenger Herr,
So hart und herb sein eigen Wesen sei.
Das falsche süße Beispiel deiner Lüste
Verdirbt das Volk, und drückt es noch zugleich,
Es untergräbt dein ganzes Herrschertum
Und alle Kräfte, die es stützen sollten,
Sodass, ob Einfall fremde Feinde drohn,
Ob sich im Innern Zwietracht dir erhebt,
Verhängnisvoll dir beides werden wird.

Die erstern zu besiegen ist zu schwach
Dein Volk, die zweite macht es selbst wohl mit.

Sardanapal. Was treibt dich, für mein Volk das Wort zu führen?

Salimenes. Die Kränkung meiner Schwester, die ich dir
Verzieh, die Lieb', die meinem Neffen ich
Bewahr', die Treue gegen meinen König,
Die bald er brauchen wird in mehr als Worten.
Achtung vor Nimrod's Haus, und noch etwas,
Das du nicht kennst.

Sardanapal. Das ist?

Salimenes. Ein Wort, das dir
Ganz unbekannt.

Sardanapal. So sag's, gern lern' ich.

Salimenes. Tugend.

Sardanapal. Dies Wort nicht kennen! Nie hat noch ein Wort
Ins Ohr mir so gegellt, und hässlicher
Als Pöbelschrei und ein geborsten Horn.
Nichts andres wusste deine Schwester ja!

Salimenes. Um diesen widerwärt'gen Gegenstand
Zu wechseln denn, hör' von dem Laster reden.

Sardanapal. Und wen?

Salimenes. Die Winde selbst, wenn auf die Stimme
Des Volks du hören willst.

Sardanapal. Wohlan, ich bin
Nachsichtig, wie du weißt, geduldig, wie
Du oft erprobt schon hast. So sprich dich aus;
Was regt dich auf?

Salimenes. Dass in Gefahr du schwebst.

Sardanapal. Mach fort!

Salimenes. Nun denn, die Völker all', die du
Geerbt vom Vater, und gar viele waren's,
Sind laut in ihrem Unmut über dich.

Sardanapal. Wie, über mich? Was wollen denn die
Sklaven?

Salimenes. Nur einen König.

Sardanapal. Und was bin denn ich?

Salimenes. In ihren Augen nichts, in meinen aber
Ein Mann, der etwas werden könnte noch.

Sardanapal. Was wollen diese Lästermäuler denn?
Sie haben Frieden und die Wänste voll.

Salimenes. Vom ersten mehr als rühmlich ist, vom
letzten
Weit weniger, als ihrem Herrn bekannt.

Sardanapal. Wer trägt die Schuld wenn Not? Wer
anders als
Die schändlichen Satrapen, die nicht sorgen?

Salimenes. Und etwas auch der König, der nie sieht,
Was außerhalb dem Königsschloss passiert,

Das er nur dann verlässt, wenn ins Gebirg
Er vor des Sommers heißen Gluten flieht.
Oh großer Baal, der dieses große Reich
Gegründet hat und dann zum Gotte ward,
Als Gott zum wenigsten erscheint in den
Jahrhunderten, die singen deinen Ruhm!
Der Mann, der sich für deinen Sprossen hält,
Hat nicht einmal die Reiche all gesehn,
Die du als Held mit deinem Blut in Müh'
Und Not gewannst und ihm als Erbe ließest.
Wozu? Dass sie die Mittel brächten ihm
Für ein Gelag, und würden ausgepresst
Für eines Liebchens Putz!

Sardanapal. Ich weiß nun, was
Du willst. Du möcht'st, ich soll Erobrer werden.
Bei allen Sternen, die die Weisen lesen!
Das unruhvolle Volk verdient, dass ich
Zu seinen eignen Wünschen es verdamme
Und es zum Ruhme führ'.

Salimenes. Warum auch nicht?
Semiramis, die doch ein Weib nur war.
Hat die Assyrer an die sonn'gen Ufer
Des Ganges einst geführt.

Sardanapal. Das ist sehr wahr!
Und wie kam sie zurück?

Salimenes. Nun wie ein Mann,
Ein Held; erfolglos zwar, doch nicht besiegt,

Mit zwanzig Kriegern einzig setzte sie
Den Rückzug durch bis Bactria.

Sardanapal. Und wie
Viel ließ in Indien sie zurück den Geiern?

Salimenes. Das sagen die Annalen nicht.

Sardanapal. Dann will
Ich für sie sprechen: Besser war es weit,
Wenn im Palast sie zwanzig Röcke wob,
Als dass mit zwanzig Kriegern nur sie floh,
Und die Myriaden toller Untertanen
Den Raben, Wölfen, Menschen – von den drei'n
Die schlimmsten sicher – ließ. Ist dies etwa
Dein Ruhm? Dann lass mich leben nur der Schmach,

Salimenes. Nicht jeder kriegerische Geist hat gleich
Geschick. Semiramis, die ruhmbedeckte
Ahnfrau von hundert Königen kam zwar
In Indien zu kurz, doch brachte sie
Auch Persien, Medien, Baktrien zum Reich,
Das sie beherrschte und du könntst beherrschen.

Sardanapal. Ich herrsche drin, sie unterwarf es nur.

Salimenes. Ihr Schwert wird nöt'ger bald dem Reiche als
Dein Zepter sein.

Sardanapal. 'S gab einen Bacchus einst,
So hört' ich meine Griechinnen ihn nennen,
Sie sagen, 's war ein Gott, ein Griechengott.
Den in Assyrien man nicht verehrt;

Der nahm dies gleiche gold'ne Inderreich,
Von dem du sprichst, und wo Semiramis
Geschlagen ward.

Salimenes. Ich hörte von dem Mann,
Du siehst, er ward für seine Tat als Gott
Erkannt, verehrt.

Sardanapal. Und ehren will ich ihn
In seiner Göttlichkeit, und nicht als Mann.
Heda, mein Mundschenk her!

Salimenes. Was meint mein König?

Sardanapal. Dem neuen Gott will ich, dem alten Helden
Darbringen meine Huldigung. – Bringt Wein!

Der Mundschenk tritt auf.

Sardanapal *(zum Mundschenk)*. Such' mir den gold'nen Becher, der ringsum
Mit Edelstein besetzt ist, Nimrods Kelch
Genannt. Den füll' zum Rand und bring' ihn her.
(Mundschenk ab)

Salimenes. Hältst du für schicklich diesen Augenblick,
Um dein Gelag von Neuem zu beginnen,
Von dem du schläfrig noch?

Der Mundschenk tritt mit dem Wein ein.

Sardanapal *(nimmt ihm den Kelch ab)*. Mein edler Schwager!
Wenn die barbar'schen Griechen an den Grenzen

Und fernen Ufern unsres Reichs nicht lügen,
Eroberte ganz Indien Bacchus einst.
Ist's nicht so? Sprich!

Salimenes. Es ist! Und deshalb ward
Als Gottheit er verehrt.

Sardanapal. Du irrst, mein Freund,
Von jenem Siegeszuge zeugen nur
Noch ein'ge Säulen, die auf ihn man deutet,
Und die ich haben könnt', erachtet' ich
Des Ankaufs und der Beifuhr sie für wert.
Sie sind die Marken jener Meere Bluts,
Das er vergoss, der Reiche Marken, die
Er wüst gelegt, der Herzen, die er brach.
Hier aber, hier in diesem Becher ruht
Sein wahrer Anspruch auf Unsterblichkeit.
Die süße Traube ist's, der er zuerst
Die schöne Seele ausgepresst, und die
Er uns geschenkt, das Menschenherz zu freu'n,
Als ein'ge Sühne für das böse Werk.
Das als Erobrer er uns angetan.
Tat er nicht dies, so blieb sein Namen uns
So dunkel, so vergänglich wie sein Grab.
Dann war er nur wie die Semiramis
Ein menschlich Ungetüm, das halb ein Schein
Von Glorie verklärt. – Hier ist, was ihn
Zum Gott gemacht. Zum Menschen mach' es dich,
Mein finstrer, scheltender Herr Bruder! Komm!
Tu nur Bescheid zur Ehr' des Griechengotts.

Salimenes. Für alle deine Reiche möcht' ich nicht
Verlästern so den Glauben deines Landes!

Sardanapal. Das heißt, du hältst für einen Helden ihn.
Weil Blut in Strömen er vergoss; doch nicht
Für einen Gott, trotzdem er eine Frucht
Verwandelt hat in einen Zaubertrank,
Der die Betrübten freut, das Alter neu
Belebt, der Jugend Schwung verleiht, die Müden
Die Müh' vergessen lässt, die Ängstlichen
Die Not; der eine neue Welt erschließt,
Wenn diese jetzige erbleicht. – So trink'
Ich denn auf dich und ihn als wahren Mann,
Der einst sein Möglichstes in Gut und Bösem
Die Menschheit zu erschüttern, hat getan. *(Trinkt)*

Salimenes. Willst du von Neuem wieder bankettieren?

Sardanapal. Und wenn ich's tät, wär's besser als Trophäen;
Denn keine Träne hängt daran. Doch ist
Das meine Absicht nicht. Wenn du mir nicht
Bescheid tun willst, so tu' was dir gefällt.
(Zum Mundschenken) Geh, Knab'! *(Mundschenk ab)*

Salimenes. Erwecken wollte ich dich nur
Aus deinem Traum; denn besser ich tu' das
Als bald die Rebellion.

Sardanapal. Wer sollt' sie machen?
Weshalb? Wo fände denn ein Vorwand sich?
Ich bin gesetzlich König hier und stamme
Von einem Königshaus, dem nicht voraus

Ein andres jemals ging. Was hab' ich dir,
Was diesem Volk getan, dass du mich schmähn,
Das Volk aufstehen sollte gegen mich?

Salimenes. Ich spreche davon nicht, was mir du tatst.

Sardanapal. Doch denkst du, dass die Kön'gin ich gekränkt?
Nicht wahr?

Salimenes. Ich denk's. Du hast sie auch gekränkt.

Sardanapal. Geduld, mein Prinz, und hör' mich an: Sie hat
Die ganze Macht, den Schimmer ihres Rangs,
Die Hochachtung, die Hut der Landeserben,
Die Huldigung, das Leibgeding' des Throns;
Ich freite sie, wie Kön'ge frei'n – zum Staat,
Ich liebte sie, wie meistens Gatten lieben.
Wenn du, wenn sie geglaubt, ich würd' mit ihr
So wie ein Bauer stehn mit seinem Weib,
So kennt ihr mich – die Fürsten nicht, und auch
Die Menschen nicht.

Salimenes. Von andrem sprich, ich bitte!
Mein Blut verschmäht's sich weibisch zu beklagen,
Und Salimenes Schwester will selbst von
Assyriens Herrn erzwung'ne Liebe nicht;
Noch nahm' sie solche, die mit fremden Dirnen
Sie teilen müsst', und ion'schen Sklavinnen.
Die Königin ist stumm.

Sardanapal. Warum ist's nicht
Ihr Bruder auch?

Salimenes. Ich bin das Echo nur
Des lauten Schrei's, den deine Länder schrei'n.
Wer lang' ihn abweist, wird nicht lang' regieren.

Sardanapal. Die undankbaren, widerwärt'gen Sklaven!
Sie murren, weil ihr Blut ich nicht vergoss,
Weil ich nicht fort sie trieb, dass nach Myriaden
Im Staub der Wüste elend sie verdorrten
Und fern am Ganges ihre Knochen bleichten;
Weil ich durch grausame Gesetze nicht
Sie lichtete, noch sie mit Peitschen zwang
Mir Pyramiden, babylonsche Wälle
Im Schweiße ihres Angesichts zu bau'n!

Salimenes. Doch sind Trophä'n dies, würd'ger eines Volks
Und eines Fürsten als Gesang und Spiel
Und Lustbarkeit und liederliche Dirnen,
Als Schatzverschwendung und der Tugend Schimpf.

Sardanapal. Die Städte rechn' ich als Trophäen mir,
Die ich erbaut, Anchialus und Tarsus,
An einem Tage stellt' ich beide hin!
Was könnte jene kriegerische Dame,
Die blutbegierge Großmama, die keusche
Semiramis mehr tun, als sie zerstören?

Salimenes. Wohl wahr! Ich anerkenne dein Verdienst,
Die Städte hast du auferbaut, doch nur

Weil dir die Laune kam, und hast den Bau
Der Chronik aufbewahrt durch einen Vers,
Der dir und ihnen ewig Schande bringt.

Sardanapal. Mir Schande bringt? Beim Baal! So gut gebaut
Die Städte sind, ist besser doch mein Vers.
Sag' gegen mich und meine Lebensart,
Was du nur willst, doch tast' die Wahrheit mir
Von diesem kurzen Satz nicht an. Beim Baal!
In diesen Zeilen steht ja die Geschichte
Der Menschheit. Hör nur an: »Sardanapal,
Der König, Anacyndaraxes Sohn,
Erbaut' in einem Tag Anchialus
Und Tarsus einst. Iss, trink und lieb'! Der Rest
Ist keinen Heller wert.«[2]

[2] »Zu dieser Unternehmung zog er nur eine kleine auserwählte Abteilung der Phalanx bei, aber alle seine leichten Truppen. Am ersten Marschtag erreichte er Anchialus, eine Stadt, die der assyrische König Sardanapal gegründet haben soll. Die Befestigungen trugen in ihrer Stärke und Ausdehnung noch zu Arrians Zeit jenen Charakter der Größe, den die Assyrer allen Werten dieser Art aufzudrücken pflegten. Man fand ein Denkmal hier, das den Sardanapal vorstellte und das eine Inschrift in assyrischer Schrift, natürlich in altassyrischer Sprache, trug, welche die Griechen wohl oder übel also verdolmetschten: »Sardanapal, Sohn des Anacyndaraxes, gründete in einem Tage Anchialus und Tarsus. Iß, trinke, spiele; alle andern menschlichen Freuden sind keinen Heller wert.« Wenn man diese Übersetzung für richtig hält (Arrian sagt, sie sei es nicht ganz), so lässt sich vielleicht darüber streiten, ob der Zweck nicht eher war, ein zu Unordnungen geneigtes Volk auf eine geregelte Häuslichkeit und bürgerlichen Ordnungssinn zu verweisen, als Unmäßigkeit und Ausschweifung anzuempfehlen. Es ist nicht recht klar, welchen Zweck der König von Assyrien verfolgte, als er solche Städte in einer von der

Salimenes. Und konnte denn
Nicht würd'gere Moral, nicht weis're Lehre
Ein König bieten seinen Untertanen?

Sardanapal. Du hättest ohne Zweifel setzen lassen:
»Gehorcht dem König, zahlt die Steuer richtig,
Gebt Krieger ihm, und blutet, wenn es ihm
Beliebt! Fallt nieder, betet an im Staub,
Steht auf und schafft für ihn!« – Vielleicht auch so:
»Sardanapal schlug einst an dieser Stelle
Bei fünfzigtausend seiner Feinde tot.
Dies hier sind ihre Gräber, sein Trophä.«
Ich lasse den Erob'rern solches Zeug
Und mir genügt's, kann meine Untertanen

Hauptstadt so entfernten Gegend gründete, da ungeheure Sandwüsten und hohe Gebirge dazwischen lagen; noch weniger, wie sich die Einwohner gleich in Verhältnissen hätten befinden können, um sich den unmäßigen Lüsten hinzugeben, die, wie man glaubte, der König ihnen mit jener Inschrift habe empfehlen wollen. Doch muss bemerkt werden, dass in diesem Küstenstrich im südlichen Kleinasien Ruinen von Städten offenbar aus einer Zeit nach Alexander gefunden werden, die die Geschichte kaum nennt und die gleichwohl noch heute den Reisenden durch ihre Pracht und Eleganz in Staunen setzen. Es müssen also außerordentliche Hilfsquellen, sei es im Boden und Klima oder in den Handelsverhältnissen, vorhanden gewesen sein, dass Städte mitten in der Verwüstung blühen konnten, die eine so höchst barbarische Regierung so viele Jahrhunderte lang täglich über die schönsten Gegenden der Erde verbreitete. Hieraus mag auch erhellen, dass die Maßnahmen Sardanapals wahrscheinlich von richtigeren Anschauungen ausgingen, als man ihm in der Regel beimisst. Da dieser Monarch aber der letzte einer Dynastie war, die durch Empörung endete, so wurde sein Gedächtnis natürlich von der Politik seiner Nachfolger und deren Anhänger mit Vorwürfen belastet. Die Widersprüche in Diodors Bericht über Sardanapal sind auffallend.« *Mitfords Griechenland.*

Ich wen'ger fühlen lassen menschlich Leid,
Und ohne Jammer sie zum Grab geleiten.
Ich nehme keine Freiheit mir, die ich
Dem Volk versag', denn Menschen sind wir alle.

Salimenes. Verehrt als Götter wurden deine Väter.
Und sind doch tot und Staub, wo weder Götter
Noch Menschen sie mehr sind. Sprich mir doch
nichts
Von solchem Zeug! Die Würmer nur sind Götter;
Sie leben wenigstens von deinen Göttern
Und sterben, wenn sie keinen Fraß mehr kriegen.
Nur Menschen waren deine Götter; sieh,
Woher sie stammen, nur! – Ich fühle tausend
Höchst sterbliche Erregungen in mir,
Doch nichts, was göttlich wär', wenn's nicht gerade
Das ist, was du verdammst: ein Hang zu lieben
Und gnadenvoll zu sein und zu verzeihn,
Was meines Gleichen in der Torheit tun,
Und – was sehr menschlich ist – nachsichtig mit
Der eigenen zu sein.

Salimenes. Besiegelt ach,
Ist Ninives Geschick! Oh wehe! Weh'
Der unvergleichlich schönen Stadt!

Sardanapal. Was ist's,
Wovor dir bangt?

Salimenes. Von Feinden bist du rings
Bewacht, in wenig Stunden kann der Sturm,
Der dich, die Deinigen und mich zermalmt,

Losbrechen und in wenig Tagen dann
Gewesen sein des Belus stolz Geschlecht!

Sardanapal. Was ist zu fürchten denn?

Salimenes. Ehrgeiziger
Verrat, der dich bereits umsponnen hat.
Doch Rettung gibt es noch. Leih' mir dein Siegel,
So unterdrück' ich noch die Ränke all
Und lege deiner größten Feinde Häupter
Zu Füßen dir.

Sardanapal. Die Häupter? Und wie viel?

Salimenes. Soll ich sie zählen, wenn dein eig'nes in
Gefahr? Lass mich nur machen, gib das Siegel,
Das Übrige vertraue völlig mir.

Sardanapal. Ich möchte niemand unbeschränkte
Macht,
Wenn sich's um Menschenleben handelt, leihn.
Wenn einem wir das Leben nehmen, wissen
Wir nicht, was wir genommen, was wir geben.

Salimenes. Willst du des Lebens sie berauben nicht,
Da sie das deine doch bedrohn?

Sardanapal. Die Frage
Ist kitzlich zwar, doch ich erwidre: Ja!
Kann nicht auch ohne das, was muss, geschehn?
Wer sind denn die, die dein Verdacht betrifft?
Lass sie verhaften doch.

Salimenes. Ich wünschte sehr,
Du fragtest nicht. Im nächsten Augenblick
Flög meine Antwort schon durch deiner Liebchen
Geschwätzte Schar, von da in den Palast,
Dann in die Stadt und – alles wär' vereitelt.
Vertraue mir!

Sardanapal. Du weißt, das tat ich stets.
Nimm hier mein Siegel.

Salimenes. Eine Bitte hab'
Ich noch.

Sardanapal. Nenn' sie.

Salimenes. Stell' das Bankett gleich ab,
Das in dem Pavillon am Euphrat du
Heut' Abend halten willst.

Sardanapal. Abstellen das
Bankett? Nicht wegen der Verschwornen all,
Die je ein Reich bedroht! Lass sie nur kommen
Und hausen noch so arg! Ich zittre nicht.
Ich stehe drum nicht früher auf vom Mahl,
Setz' nicht den Becher weg, bekränze mich
Mit keiner Rose weniger als sonst,
Verliere keine frohe Stunde drum.
Ich fürcht' sie nicht.

Salimenes. Doch würdest du dich waffnen,
Wenn's nötig wär', nicht wahr?

Sardanapal. Vielleicht. Ich hab'
Die feinste Rüstung und das beste Schwert,

Und einen Bogen, einen Speer, die Nimrod
Nicht würd' verschmähn, zwar etwas schwer, doch drum
Unhandlich nicht. Es ist wohl lange her,
Dass ich sie nicht benutzt, selbst nicht zur Jagd.
Hast du, mein Bruder, sie noch nicht gesehn?

Salimenes. Ist jetzt die Zeit zu solchen Bagatellen?
Wirst du, wenn's nötig würd', die Waffen tragen?

Sardanapal. Warum denn nicht? Oh wenn es müsste sein
– Und diese frechen Sklaven lassen sich
Wohl nicht mit weniger zur Ruhe bringen –
Wollt' ich das Schwert gebrauchen, bis sie wünschten,
Es wäre Kunkelholz.

Salimenes. Man, sagt, dein Zepter
Sei das schon längst.

Sardanapal. Das ist nicht wahr, beim Baal!
Doch mögen sie so schwatzen immerhin!
Das alte Griechenvolk, von dem gar oft
Uns ein Gefang'ner singt, erzählte ja
Dasselbe einst von seinem ersten Helden,
Dem Herkules, weil eine Königin
Aus Lydien er geliebt. Du siehst daraus,
Wie stets der Pöbel jeden Schimpf erfasst,
Um seine Herrscher in den Staub zu ziehn.

Salimenes. Von deinen Vätern sprach man doch nicht so.

Sardanapal. Sie wagten's nicht, sie wurden allzusehr
Zur Arbeit angehalten und zum Krieg;
Nur gegen Panzer tauschten sie die Ketten.
Jetzt haben Frieden sie und Zeitvertreib,
Gelag' und Schwätzereien sind erlaubt,
Mich scheert das nicht. Ich gäb' das Lächeln nicht
Von einem schönen Kind für all das Volks-
Geschrei, das jemals einen Namen aus
Dem Nichts erhob. Was sind die schmutz'gen Zungen
Der schnöden Brut mir, die nun frech geworden,
Seitdem sie satt, dass ich ihr lärmend Lob
Hochhalten oder gar ihr wüst Geschrei
Noch fürchten sollt'?

Salimenes. Ihr nanntet Männer sie,
Als solche wägen ihre Herzen doch.

Sardanapal. Das tut auch meiner Hunde Herz – und mehr!
Denn die sind treuer noch. – Doch mach' nur zu!
Du hast mein Siegel: Sind sie zügellos,
So bänd'ge sie, jedoch nicht hart, so lang's
Nicht Not erheischt. Ich hasse jede Qual:
Die, die man macht, wie die, die man erleidet.
Wir haben innerlich genug davon,
Der höchste Fürst, der niedrigste Vasall,
Um jene Last von schwerem Menschenleid,
Das uns Natur bescheert, nicht noch zu mehren;
Vielmehr des Lebens mannichfaltig Weh'
Durch gegenseitige Erleichterung

Zu mildern und zu mindern allenthalb.
Doch das versteht dies Volk nicht, will vielleicht
Es nicht einmal verstehn. Beim Baal, ich hab',
Was ich gekonnt, getan, es zu erleichtern.
Ich führte keinen Krieg, ich legte ihnen
Nicht neue Steuern auf, ich mischte mich
In keine Häuslichkeit; ich lasse sie
Ihr Leben führen, wie sie immer mögen
Und lebe selbst, so wie ich immer mag.

Salimenes. Du machst dir's leicht mit deiner Königspflicht;
Drum sagt das Volk, du taugst nicht zum Monarchen.

Sardanapal. Es lügt. Ich tauge leider ja zu nichts
Als zum Monarchen nur, sonst könnt' mein'thalb
Der letzte Meder für mich König sein.

Salimenes. Ein Meder lebt, der's wirklich möchte sein.

Sardanapal. Was willst du damit, sagen? – Nun? – Ja so!
Das ist ja dein Geheimnis und du liebst
Die Fragen nicht; neugierig aber bin
Ich nicht. So tu' die Schritte, die du für
Geeignet hältst, und wenn es nötig wird,
Bestärk' ich sie, und unterstütz' ich dich.
Nie lebt' ein Mann, der mehr als ich gewünscht
Nur Friedliche in Frieden zu regieren;
Doch weckten sie mich je, wär' ihnen besser,
Sie hätten Nimrod selbst, den mächt'gen Jäger,

Aus seiner Asche sich heraufbeschworen.
Dann will ich diese Königreiche all
Zu Wüsten machen, wo man Tiere jagt,
Die Menschen waren, doch nach eig'ner Wahl
Es nicht mehr wollten sein. – Sie lügen, und
Verleumden den, der ich in Wahrheit bin;
Doch der, den sie in mir einst finden könnten,
Wär' wohl der Schlimmste, der zu haben wär' –
Sie mögen dann sich bei sich selbst bedanken.

Salimenes. So kann denn doch auch dein Herz
menschlich fühlen?

Sardanapal. Wer fühlt Undankbarkeit nicht tief?

Salimenes. Ich will
Nicht lang mit Worten dir drauf dienen. Nein!
Mit einer Tat. Halt' wach nur diese Kraft,
Die manchmal schläft, doch tot nicht ist in dir,
Und ruhmvoll kann dein Regiment, dein Reich
Noch mächtig werden. Nun, leb' wohl! (*Salimenes ab*)

Sardanapal. Leb' wohl! –
Er geht und nimmt am Finger mit mein Siegel,
Das ihm als Zepter dient. Er ist so ernst,
Wie ich leichtsinnig bin. Die Sklaven aber
Verlangen ja, dass einen Herrn sie fühlen.
Wo mir Gefahren lauern mögen, weiß
Ich nicht. Er fand sie aus, er mag sie auch
Beseitigen. Soll etwa ich mein Leben,
Dies kurze Leben damit nur verbringen,
Dass ich vor allem auf der Hut bin, was

Es kürzer machen könnt'? Das ist's nicht wert.
Es hieße sterben vor der rechten Zeit,
Müsst' leben ich in blassen Todesängsten
Und lange Jagd auf Rebellionen machen,
Und Argwohn tragen jedem, der um mich,
Weil er mir nah', und jedem, der entfernt,
Weil er mir fern. Wenn's aber auch so wär' –
Wenn sie aus Reich und Erde mich verjagten,
Was ist denn Erde oder Reich hienieden?
Ich hab' geliebt, gelebt, mein Bild vermehrt;
Das Sterben ist nicht weniger Natur
Als diese Handlungen des Staubs. Wahr ist's:
Ich habe Blut in Strömen nicht vergossen,
Wie ich gekonnt, bis mit dem Tod mein Namen
Fast gleichbedeutend ward – ein Schreckbild, ein
Trophä. Doch darob fühl' ich keine Reu'.
Lieb' ist mein Leben; muss ich Blut vergießen,
Will ich gezwungen sein. Noch ist kein Tropfen
Aus Assurs Adern für mich hingeflossen;
Auch nicht das kleinste Stück aus Ninives
Gewalt'gem Schatz ward einem Zweck geweiht,
Der seinen Söhnen eine Trän' gekostet.
Wenn sie mich hassen, kann es drum nur sein,
Weil ich nicht hasse; wenn sie rebellieren.
Kann es nur sein, weil ich sie nicht bedrücke.
Oh Menschen, nicht mit Zeptern, nein, mit Sicheln
Müsst ihr regiert, und weggemäht ihr werden
Wie eitel Gras; sonst ernten wir von euch
Nur üpp'ge Schlechtigkeit und Missvergnügen,
Die faule Frucht, die schmutzt den schönsten Boden

Und eine Wüste macht aus reichem Land.
Ich will nicht mehr dran denken. – He da drinnen!

Ein Diener tritt auf.

Sardanapal. Sklav! Melde Myrrha, jener Ionierin,
Dass ihre Gegenwart wir heischen.

Diener. König!
Hier ist sie.

Myrrha tritt auf.

Sardanapal *(zum Diener)*. Fort! *(Zu Myrrha)* Du Liebliche, kamst fast
Dem Herzen noch zuvor. Es schlug für dich,
Und sich, du kommst! Lass wähnen mich, dass ein
Noch unbekannter Einfluss, ein Orakel,
Uns ungesehn, auch wenn wir fern, verbinde
Und eins zum andern zieh.

Myrrha. So ist's.

Sardanapal. Ich weiß.
Dass es so ist; doch kenn' ich nicht den Namen.
Was ist es wohl?

Myrrha. In meinem Vaterland
Ein Gott, in meinem Herzen ein Gefühl,
Groß wie wenn's käm' von einem Gott; und doch
Ist's sterblich nur, ich weiß! Denn was ich fühl',
Ist Demut, die mich doch beglückt, das heißt
Mich tief beglücken könnt', jedoch – *(Myrrha hält inne)*

Sardanapal. Es tritt
Doch immer etwas zwischen uns und das,
Was wir für unser Glück ansehn. Lass mich
Die Schranke heben, die der Lippe Zögern
Als Hemmnis deines Glücks verrät, und meins
Ist dann verbrieft.

Myrrha. Oh Herr!

Sardanapal. »Oh Herr! Mein Fürst!
Mein König! Majestät!«, so heißt's, so heißt
Es immerdar in ehrfurchtsvoller Rede.
Nie seh' ein Lächeln ich, als manchmal nur
Bei einem großen Mahl, im Rausch der Feste,
Wenn sich die Possenreißer aufgebläht,
Mir gleich zu sein; wenn ich herab mich ließ
Zu ihrer Niedrigkeit. Oh Myrrha! Wohl
Kann ich die Namen hören: Herr und Fürst
Und König – ja, 's gab eine Zeit, wo ich
Sie hoch anschlug; das heißt, ich duldete
Von Sklaven sie und selbst an freien Leuten.
Doch fallen sie von Lippen, die ich lieb',
Von Lippen, die die meinigen gepresst,
Kommt Eiseskälte mir ins Herz, ein herb
Gefühl der Falschheit dieser meiner Stellung,
Die das Gefühl in denen dämpft und bindet,
Für die am meisten ich gefühlt. Das ruft
Den Wunsch in mir hervor, die dumme Krone
Ganz abzutun und fern im Kaukasus
Mit dir zu teilen einer Hütte Raum

Und keine Krone mehr zu tragen als
Von Blumen nur.

Myrrha. Ich wollt', wir könnten es!

Sardanapal. Auch du fühlst dies? Und dann?

Myrrha. Dann würdest du
Erkennen, was sonst niemals du erkennst.

Sardanapal. Das ist – ?

Myrrha. Des Herzens wahren Wert, ich mein',
Von einem Weib.

Sardanapal. Ich habe tausend wohl
Und aber tausende gewogen.

Myrrha. Herzen?

Sardanapal. Ich denke so.

Myrrha. Nicht eins! Vielleicht einst kommt
Die Zeit, wo du sie wägen kannst.

Sardanapal. Sie wird's.
Hör', Myrrha! Salimenes sagte mir, –
Wie er drauf kam, weiß Belus wohl, der einst
Dies Reich gegründet, besser als ich selbst! –
Doch Salimenes sagte mir, mein Thron
Sei in Gefahr.

Myrrha. Da tat er wohl daran.

Sardanapal. Und so sprichst du, die er so herb gezankt,
Die er mit seinem rohen Scherz von mir

Gescheucht, zum Weinen, zum Erröten hat
Gebracht?

Myrrha. Ich sollte beides öfter tun;
Und er tat wohl dran, mich zurückzurufen
Zu meiner Pflicht. – Doch von Gefahr sprichst du?
Gefahr für dich –?

Sardanapal. Ja, aus Verschwörungen,
Aus Ränkespiel von Medern, von Soldaten,
Von Völkern, die in Unzufriedenheit,
Ich weiß nicht recht, – es ist ein Labyrinth
Von dunkeln Drohungen und Heimlichkeiten.
Du kennst den Mann, es ist so seine Art.
Doch ist er ehrlich. – Komm, wir denken nicht
Mehr dran, vielmehr an unser nächtlich Fest.

Myrrha. Zeit ist es wohl, an andres jetzt zu denken,
Als an ein Fest. Du hast doch seine Mahnung
Nicht gar verhöhnt?

Sardanapal. Wie? Fürchtest denn auch du?

Myrrha. Ich fürchten? Griechin bin ich ja. wie sollt'
Den Tod ich fürchten? Sklavin auch, wie sollt'
Für meine Freiheit bang ich sein?

Sardanapal. Warum
Wirst du dann aber blass?

Myrrha. Ich lieb'.

Sardanapal. Und lieb'
Ich etwa nicht? Ich lieb' dich weit – weit mehr

Als dieses kurze Sein, dies weite Reich,
Die man vielleicht bedroht - doch ich erbleich'
Drum nicht.

Myrrha. Das heißt: Du liebst nicht dich noch mich;
Denn der, der andre liebt, liebt auch sich selbst,
Grad' dieser andern halb. - Du gehst zu weit!
Ein Leben, Reich, verliert man nicht so schnell.

Sardanapal. Verliert? Wer sollte denn der Häuptling
sein,
Der keck es wagen möcht' sie mir zu nehmen?

Myrrha. Wen sollte er bei dem Versuch denn fürchten?
Wenn der, der aller Herrscher ist, sich selbst
Vergisst, wer wird dann sein gedenken?

Sardanapal. Myrrha!!

Myrrha. Sieh mich nicht zornig an! Du hast zu oft
Mir zugelächelt, um dein Zürnen mir
Nicht unerträglicher als jede Strafe,
Die es verkünden könnt', zu machen. - König!
Ich bin dir untertan; Herr, sieh' die Magd
In mir; Mann, dich hab' ich geliebt - geliebt!
Ich weiß nicht, welche unglücksel'ge Schwäche
Mich dazu trieb - obschon ich Griechin bin,
Der Könige geborner Feind, und Sklavin,
Die Fesseln hassen muss, und Ionierin;
Und lieb' ich einen Fremdling, mehr entehrt
Durch solche Leidenschaft als selbst durch Ketten!
Und dennoch liebt' ich dich! Wenn diese Liebe
So mächtig war, um meine frühere

Natur zu überwinden, sollte sie
Als Recht nicht fordern dürfen, dich zu retten?

Sardanapal. Mich retten, meine Schöne? Schön, bist du
Und was ich von dir will, ist Liebe nur,
Nicht Rettung, Kind.

Myrrha. Und ohne Lieb', wo gibt
Es Sicherheit?

Sardanapal. Ich meine Frauenlieb'.

Myrrha. Die erste Liebe dieses Menschenlebens
Entspringt der Brust der Frau: Die ersten Worte
Lehrt ihre Lippe ja! Die ersten Tränen
Wischt ihre Hand, die letzten Seufzer selbst
Vernimmt nur allzu oft ein weiblich Ohr;
Wenn sich der Mann die kleine Mühe schenkt,
Die letzte Stunde noch bei dem zu wachen,
Der ihn geführt.

Sardanapal. Beredte Ionierin,
Du sprichst Musik! Du sagtest mir einmal,
Der Chorgesang in der Tragödie sei
Ein vielgeliebter Zeitvertreib in deinem
Entfernten Vaterland. – Nein, weine nicht!
Beruh'ge dich!

Myrrha. Ich weine nicht! Doch bitt'
Ich dich: Sprich nicht von meinen Vätern noch
Von ihrem Land.

Sardanapal. Doch du sprichst oft von ihnen.

Myrrha. Das ist wohl wahr; das stete Darandenken
Spricht unwillkürlich sich in Worten aus.
Doch wenn ein andrer spricht von Griechenland,
Tut es mir weh!

Sardanapal. Wohlan, wie wolltest du
Mich retten, wie du's heißt?

Myrrha. Indem ich dich
Dich selbst zu retten lehr', und nicht nur dich.
Nein, dieses ganze große Reich, vor all
Der Not des schlimmsten Kriegs, des Bruderkriegs.

Sardanapal. Nun, Kind, mir ist ja jeder Krieg verhasst,
Der Krieger auch. Ich leb' in Fried' und Freude,
Was kann der Mensch mehr tun?

Myrrha. Ach, lieber Herr!
Bei dem gemeinen Volk bedarf es oft
Des Scheins von Krieg, um Frieden sich zu wahren,
Und besser ist's für einen König oft,
Wenn er gefürchtet wird, als wenn geliebt.

Sardanapal. Ich habe nur dem Letztern nachgestrebt.

Myrrha. Und hast nun beides nicht erreicht.

Sardanapal. Das sagst
Du, Myrrha, mir?

Myrrha. Ich spreche von der Lieb'
Des Bürgers, Volks und ihrer Selbstsucht, ja;
Das heißt so viel, als dass die Menschen man
In Ordnung halten muss, doch nicht sie drücken,

Dass sie es wenigstens nicht merken; oder
Wenn sie's auch merken, es für nötig halten,
Sich vor dem schlimmern Druck zu wahren, dem
Der eignen Leidenschaft. Ein Fürst von Festen,
Von Blumen und von Wein, von Gastmahl, Lieb'
Und Lust, war niemals noch ein Ruhmesfürst.

Sardanapal. Ruhm? Was ist das?

Myrrha. Die Götter frage drum,
Die deine Ahnen sind.

Sardanapal. Die sprechen nicht.
Wenn je ein Priester für sie spricht, geschieht's,
Weil irgend was er für den Tempel will.

Myrrha. Schau in die Chronik derer, die dein Reich
Zustand gebracht.

Sardanapal. Das taugt mir nichts, sie ist
Zu sehr mit Blut befleckt. Jedoch wozu?
Das Reich ist einmal da; ich kann nicht gehn
Und ihrer gründen mehr.

Myrrha. Erhalte deins.

Sardanapal. Ich will es wenigstens genießen. Komm
Lass nach dem Euphrat, Myrrha, uns spazieren;
Die Stunde winkt; die Gondel steht bereit,
Und kehren wir zurück, so harret unsrer
Der Pavillon, geschmückt fürs Abendmahl
Voll Schönheit und voll Licht, dass er den Sternen,
Die über uns, selbst als ein Stern erscheint.

Wir aber sitzen dort, bekränzt mit Blumen
Wie –

Myrrha. Opfer!

Sardanapal. Nein, wie Könige vielmehr,
Die Hirtenkönige der alten Zeit,
Die keinen schönern Edelstein gekannt,
Als Blumensträuße und Triumphe nur,
Die tränenlos. – Komm mit!

Pania tritt auf.

Pania. Der König leb'
In Ewigkeit!

Sardanapal. Nicht eine Stunde länger,
Als er auch lieben kann. Wie hasst mein Herz
Die Redensart, die Leben macht zur Lüge
Und die dem Staub mit ew'gem Leben schmeichelt!
Mach's, Pania, kurz!

Pania. Ich komm' von Salimenes,
Den König nochmals dringend anzuflehn,
Dass heute wenigstens er im Palast
Verbleib'. Kehrt der Gen'ral zurück, wird er
Euch Gründe unterbreiten, die gewiss
Entschuld'gen mögen seinen kecken Wunsch,
Und ihm Verzeihung für sein Tun erlangen.

Sardanapal. Wie? Bin ich eingesperrt? Gefang'ner schon?
Darf ich die Luft des Himmels nicht mehr atmen?
Sag' Salimenes, wenn ganz Assur heut'

Rebellisch wütete um den Palast,
Ich ginge dennoch aus –

Pania. Ich muss gehorchen,
Jedoch –

Myrrha. Oh König, hör'! Wie manchen Tag
Und Mond hast du in diesen Mauern hier
In süßer Üppigkeit verbracht und nie
Der Sehnsucht deines Volkes dich gezeigt,
Das Auge deiner Untertanen nicht
Erfreut, nicht nachgesehen den Satrapen,
Die Götter nicht verehrt, und jedes Ding
Am schlaffen Zaum der Anarchie gelassen,
Bis alles schlief in deinem Königreich,
Das Laster einzig nicht – und nun willst du
Nicht einen Tag hier weilen, wo ein Tag
Dich retten kann? Willst jenen Wen'gen, die
Dir noch getreu, nicht wen'ge Stunden weihn
Für sie, für dich, für deiner Ahnen Haus,
Für deiner Söhne Erbe?

Pania. Ja, so ist's!
Und bei dem Drang der schweren Not, worin
Der Prinz mich sandt' in deine heil'ge Nähe,
Wag' ich's, die schwache Stimm' der anzureihn,
Die eben sprach.

Sardanapal. Es kann nicht sein, nein, nein!

Myrrha. Um deines Reiches willen!

Sardanapal. Fort!

Pania. Um deiner
Getreuen Untertanen willen, die
Um dich sich scharen werden, um die Deinen!

Sardanapal. Das sind nur Phantasie'n, 's hat nicht Gefahr.
Es ist ein Eigensinn von Salimenes,
Um seinen Eifer zu betätigen
Und sich uns nötiger als sonst zu zeigen.

Myrrha. Bei allem, was nur gut und rühmlich ist,
Befolg' den Rat!

Sardanapal. Auf morgen die Geschäfte.

Myrrha. Ja, und den Tod heut' Nacht.

Sardanapal. Er komme nur,
Doch unerwartet unter Lust und Freuden
Und Lieb' und seinem Tun. Ich möchte fallen
Wie eine Rose, die man pflückt, weit lieber,
Als welken hin!

Myrrha. So willst du allem denn
Zu lieb, was Fürsten je zum Handeln trieb,
Ein eitel Mahl nicht lassen?

Sardanapal. Nein.

Myrrha. So tu's
Für mich, tu's mir zu Lieb'!

Sardanapal. Für meine Myrrha?

Myrrha. Die erste Gnade ist's, um die den König
Assyriens ich bitt'!

Sardanapal. Da hast du Recht!
Und wär's ein Königreich, sie müsst' gewährt
Dir werden. – Gut! Um deinetwillen geb'
Ich nach. Geh', Pania! Gehe!

Pania. Ich gehorche. *(Pania ab)*

Sardanapal. Ich muss mich wundern, Myrrha, über dich.
Was ist der Grund, dass du mich so bedrängst?

Myrrha. Nur deine Rettung, und die Überzeugung,
Dass nur die äußerste Gefahr den Prinzen
Bewegen könnt', dir Solches zuzumuten.

Sardanapal. Und wenn drob mir nicht bangt, warum denn dir?

Myrrha. Weil du nicht fürchtest, fürchte ich für dich.

Sardanapal. Bald wirst du lächeln über diesen Wahn.

Myrrha. Doch kommt das Schlimmste, werde ich nicht weinen;
Und dies ist besser als die Kraft zu lächeln.
Und du?

Sardanapal. Ich werde König sein wie immer.

Myrrha. Und wo?

Sardanapal. Bei Baal, bei Nimrod auch und bei
Semiramis; allein in Assur oder
Bei ihnen, irgendwo! Das Schicksal hat
Zu dem mich, was ich bin, gemacht; es kann
Zu nichts mich machen, ja! Doch muss ich eins

Von beiden sein: so – oder nichts! – Entehrt
Will ich nicht leben.

Myrrha. Ach! Hätt'st stets du so
Gefühlt, dich wagte niemand zu entehren.

Sardanapal. Wer wagt es denn?

Myrrha. Hegst keinem du Verdacht?

Sardanapal. Verdacht? Das ist Spionenamt. Oh wir
Verlieren tausend köstliche Momente
Mit schalem Wort und mit noch schal'rer Furcht.
– Heda, ihr Sklaven, schmückt mir Nimrods Halle
Für das Bankett, das diesen Abend tötet.
Muss der Palast durchaus zum Kerker werden,
So wollen wir die Ketten lustig tragen.
Verbietet man den kühlen Euphrat uns,
Das Sommerhaus an Flusses schönem Strand,
So sind wir hier doch unbedroht. – Heda! *(Sardanapal ab)*

Myrrha *(allein)*. Warum denn lieb' ich diesen Mann?
Die Töchter
Der Heimat lieben Helden nur. Doch ich
Hab' keine Heimat mehr, die Sklavin hat
Ja alles, nur die Ketten nicht, verloren!
Ich liebe ihn, dies ist das schwerste Glied
Der langen Kette – lieben und nicht achten!
Mög' es so sein! Bald kommt die Stunde doch,
Wo alle Lieb' er nötig haben wird
Und keine trifft. Jetzt von ihm abzufallen,
Wär' niederträchtiger, als wenn ich ihn

Auf seinem Thron erdolcht, da er am höchsten –
Was groß gewesen wär' nach meines Volks
Gefühl; ich war für beides nicht gemacht.
Könnt' ich ihn retten, liebt' ich ihn nicht mehr,
Nur mich; und dieses Letztre tut mir not;
Denn seit ich diesen sanften Fremdling liebe,
Sank ich herab in meiner eig'nen Meinung.
Mich aber dünkt, ich lieb' ihn darum mehr,
Weil er verhasst bei seinen Leuten ist,
Den alten Feinden unsres griech'schen Bluts.
Könnt einen jener Kraftgedanken nur
In seiner Brust ich wecken, wie sie selbst
Die Phrygier beseelt, als zwischen Meer
Und Ilium sie lange Zeit gekämpft,
Er träte nieder die Barbarenbrut
Und triumphierte noch. Er liebt mich, und
Ich liebe ihn, die Sklavin ihren Herrn,
Und möchte ihn von seinen Lasten gern
Befrein. Gelingt es nicht, so bleibt ein Mittel
Zur Freiheit noch, und kann ich ihn nicht lehren,
Wie man regiert, so kann ich zeigen ihm,
Auf welche Art allein ein Fürst den Thron
Verlässt. Nicht aus dem Aug' darf ich ihn lassen.
(Ab)

Zweiter Akt

Erster Auftritt

Das Portal der gleichen Palasthalle.

Belesis *(allein).* Die Sonne geht hinab – mich dünkt, sie geht
Heut' langsamer, da einen letzten Blick
Sie auf das Reich Assyrien wirft. Wie rot
Schaut sie aus dieser Wolken Nacht, grad' wie
Das Blut, das sie voraus zu deuten scheint.
Wenn ich umsonst nicht, Sonne, dich, die sinkt,
Und euch, ihr Sterne, die herauf ihr steigt,
Geschaut und eurer Bahnen Regeln, Strahl
Um Strahl, gelesen hab', die selbst die Zeit
Erzittern machen über das, was sie
Den Völkern bringt – so schlägt die letzte Stunde
Der Jahre Assur's heut'. – Und doch wie still!
Ein Erderbeben sollt' so mächt'gen Fall
Verkündigen, und eines Sommers Sonne
Beleuchtet ihn. Die Scheibe dort trägt für
Des sternbelesenen Chaldäers Aug'
Auf ihrem ew'gen Blatt das Ende Des,
Was ewig schien. Doch du, wahrhafte Sonne,
Du feuriges Orakel alles Seins,
Du Quell des Lebens und du Sinnbild dessen,
Der Leben schafft, warum dein Prophezeihn

Auf Unglück nur beschränken und das Kommen
Von Tagen nicht enthüllen, würd'ger deines
Hochherrlichen Entstehens aus dem Meer?
Warum wirfst durch der Zukunft Jahre du
Nicht einen Hoffnungsstrahl, wie diesen Blitz
Des Zorns auf ihre jetz'gen Tage? – Hör',
Oh hör' mich an, ich bin dein Jünger ja,
Dein Priester und dein Knecht; ich sah nach dir
Bei deinem Aufgang, deinem Niedergang.
Ich bog mein Haupt vor deines Mittags Strahlen,
Wo meine Augen dich zu schaun nicht wagten.
Ich hab' auf dich geharrt und ausgeharrt,
Zu dir gebetet, Opfer dir gebracht,
In dir gelesen und vor dir gebangt,
Hab' dich gefragt und du gabst Antwort mir.
Jedoch bis hierher nur! – Indes ich spreche,
Sinkt sie und geht, und lässt ihr schönes Bild
– Doch nicht ihr Wissen – dem entzückten Westen,
Der in den Farben schwelgt der Glorie,
Die stirbt. Doch was ist Tod, wenn glorienvoll
Er nur? Es ist ein Sonnenuntergang!
Ein Sterblicher darf sich ja glücklich preisen,
Sieht er den Göttern selbst im Sinken gleich.

Arbaces kommt von Innen.

Arbaces. Warum in deine Andacht so vertieft?
Schaust deinem Gotte du, der scheidet, nach
Bis in ein Reich noch unentdeckten Tags?
Der Nacht harrt unser Werk – sie ist jetzt da –

Belesis. Doch noch nicht fort.

Arbaces. Sie mache fort, wir sind
Bereit.

Belesis. Jawohl! Ich wollt', es wär' vorüber.

Arbaces. Hegt Zweifel der Prophet, dem selbst die Sterne
Den Sieg gestrahlt?

Belesis. Ich zweifle nicht am Sieg,
Am Sieger nur.

Arbaces. Das ordne deine Kunst!
Indessen hab' ich selbst so viele Speere,
Hellschimmernde, gesammelt, dass sie leicht
Verdunkeln könnten unsre Bund'sgenossen,
Dort die Planeten! Nichts kreuzt unsern Plan:
Das König-Weib, das weniger als Weib,
Ist auf dem Strom mit seinen Freundinnen;
Im Pavillon befohlen ist das Mahl;
Der erste Becher, den er trinkt, wird auch
Der letzte sein, den Nimrods Rasse leert.

Belesis. Es war ein tapfres Haus.

Arbaces. Und ist ein schwaches,
Ein abgenütztes, wir verbessern es.

Belesis. Weißt du's gewiss?

Arbaces. Sein Gründer war ein Jäger.
Ich bin Soldat. Was ist dabei zu fürchten?

Belesis. Nur der Soldat.

Arbaces. Vielleicht der Priester auch.
Doch wenn du so gedacht und denkst, warum
Behältst du deinen Dirnenkönig nicht?
Warum hast mich du aufgewühlt? Warum
Zu diesem Plan mich angespornt, der ja
Der deine ebenso wie meiner ist?

Belesis. Schau nach dem Himmel auf!

Arbaces. Ich tu's.

Belesis. Was siehst
Du dort?

Arbaces. Des Sommers holdes Dämmerlicht,
Der Sterne wachsend Heer.

Belesis. Und unter diesen
Bemerke dort den frühesten, den hellsten,
Der zittert, als ob seinen Platz im Äther
Er ändern wollt'.

Arbaces. Nun, und –?

Belesis. Dein Lebensstern
Ist er.

Arbaces *(legt die Hand an sein Schwert)*.
Mein Stern steckt in der Scheide hier
Wenn der erblinkt, erbleichen selbst Kometen!
Lass überlegen uns, was nun zu tun,
Dass deiner Sterne Wunder Recht behalten.
Wenn wir's gewinnen, sollen Tempel sie
Und Priester haben, und du selbst sollst dann

Der Oberpriester sein von so viel Göttern,
Als du nur willst; denn ich bemerke, dass
Sie stets gerecht sind und den tapfersten
Auch als den frömmsten anerkennen.

Belesis. Ja,
Doch auch den frömmsten als den tapfersten.
Du hast wohl nicht gesehn, dass ich dem Kampf
Den Rücken je gekehrt?

Arbaces. Das nicht; ich weiß,
Dass im Gefecht, als Babyloniens Feldherr
Du stets so wacker warst, wie viel gewandt
In der Chaldäer Gottesdienst. Will's jetzt
Gefallen dir, den Priester zu vergessen
Und nur Soldat zu sein?

Belesis. Warum nicht beides?

Arbaces. Dann umso besser nur! Doch schäm' ich mich
Beinah, dass hier so wenig ist zu tun.
Der Weiberkrieg erniedrigt selbst den Sieger.
Vom Throne stoßen einen trotzigen
Und blutigen Tyrannen, mit ihm kämpfen,
Schwert gegen Schwert, das wäre heldenhaft,
Ob man nun siegt, ob fällt; jedoch ein Schwert
Erheben gegen diesen Seidenwurm,
Ihn winseln hören gar –

Belesis. Das glaube nicht.
Es ist etwas in ihm, das dir zu tun
Noch geben kann; und wär' er, wie du meinst,

So sind doch seine Garden fest und ihr
Gen'ral, der kalte, ernste Salimenes.

Arbaces. Sie leisten sicher keinen Widerstand.

Belesis. Warum denn nicht? Soldaten sind's.

Arbaces. Wohl wahr!
Doch eben deshalb wollen sie zum Führer
Auch ein Soldatenherz.

Belesis. Salimenes
Hat das gewiss.

Arbaces. Doch ist er nicht ihr König.
Und überdies: Er hasst das weibische
Geschöpf, das uns regiert, der Königin,
Der Schwester halb. Hast du denn nicht bemerkt,
wie er sich fern von allen Schmäusen hält?

Belesis. Doch nicht vom Rat, dort ist er stets zu finden.

Arbaces. Und stets wird seine Ansicht dort verworfen.
Was willst du mehr, um dort ihn zu verfeinden:
Ein töricht Regiment, sein Blut entehrt,
Er selbst missachtet? Nun, da schaffen wir
Für seine Rache ja!

Belesis. Wenn man ihn nur
Dazu könnt' bringen, ebenso zu denken.
Doch zweifle ich.

Arbaces. Wie wär' es, fühlten wir
Ihm auf den Zahn?

Belesis. Ja, wenn es Zeit noch ist.

Balea tritt auf.

Balea. Satrapen! Eure Gegenwart befiehlt
Der König bei dem heut'gen Fest.

Belesis. Sein Wort
Ist uns Befehl. – Im Pavillon?

Balea. Nein, hier
In dem Palast.

Arbaces. Wie? Im Palast? So war
Es nicht bestimmt.

Balea. Doch jetzt ist's so bestimmt.

Arbaces. Warum?

Balea. Das weiß ich nicht. – Kann ich nun gehn?

Arbaces. Bleib' noch!

Belesis *(beiseite zu Arbaces)*. Still! Lass ihn gehn! *(Laut zu Balea)*.
Ja, Balea!
Dank' dem Monarchen, küsse ihm den Saum
Des Königs-Rocks, und sag' ihm, seine Sklaven
Freu'n sich, die Krumen aufzulesen, die
Vom Königstisch er gnädig werfen werd'. –
Nicht wahr, die Stund' ist Mitternacht?

Balea. So ist's!
Der Ort: die Halle Nimrods. – Edle Herr'n,
Ich beuge mich vor euch, und kehr' zurück. *(Balea ab)*

Arbaces. Die plötzliche Veränderung des Orts
Gefällt mir nicht. Da steckt etwas dahinter.
Weshalb die Änderung?

Belesis. Verändert er
Nicht tausend Mal im Tag? Der Müssiggang
Ist stets ein grillenhafter Herr und legt
Der Meilen mehr in seinen Phantasie'n
Als ein Gen'ral auf einem Marsch zurück,
Wenn er den Feind zum Besten haben will.
Was brütest du?

Arbaces. Er liebt den Pavillon,
Den heitern, so! 'S war stets sein Lieblingsort.

Belesis. Er liebte einst auch seine Königin
Und dreimal tausend Dirnen nebenbei.
Ja alles hat er nach und nach geliebt,
Nur Weisheit nicht, noch Ruhm.

Arbaces. Und doch gefällt
Mir's nicht. – Wenn er geändert hat, nun gut!
So müssen's wir auch tun. Nicht schwierig wär'
Ein Überfall an jenem Ort gewesen,
Der von verschlaf'nen Wachen, trunk'nen Schranzen
Besetzt nur ist. Jedoch in Nimrods Hall' –

Belesis. Ah ist es das? Ich hörte eben doch,
Wie allzuleicht zum Thron emporzusteigen
Der übermüt'ge Krieger fürchtete.
Bist du enttäuscht, jetzt eine oder zwei
Der Stufen schlüpfriger zu finden, als
Du ausgerechnet hast?

Arbaces. Wenn sie erst da
Die Stunde, wirst du schaun, ob bang ich bin,
Ob nicht. Du hast gesehn, wie auf dem Spiel
Mein Leben stand und heiter ich drum spielte.
Mehr steht hier auf dem Spiel – ein Königreich!

Belesis. Ich habe dir's vorausgesagt, du wirst's
Gewinnen. Also drauf und mach' dein Glück!

Arbaces. Wär' ich Prophet, ich hätte mir dasselbe
Vorausgesagt. – Doch folgen wir den Sternen,
Ich kann mich mit den hohen nicht verstreiten
Noch ihrem Deuter. – Wer kommt da?

Salimenes tritt auf.

Salimenes. Satrapen!

Belesis. Mein Prinz!

Salimenes. Ein glücklich Treffen! Eben sucht'
Ich euch, doch anderswo als im Palast.

Arbaces. Weshalb?

Salimenes. 'S ist ja die Stund' noch nicht.

Arbaces. Die Stunde?
Und welche Stunde?

Salimenes. Nun, die Mitternacht.

Belesis. Die Mitternacht?

Salimenes. Wie? Seid ihr nicht geladen?

Belesis. Jawohl, vergessen hatt' ich's fast.

Salimenes. Vergesst
Gewöhnlich ihr die Ladung des Monarchen?

Arbaces. Sie kam uns eben erst.

Salimenes. Weshalb' denn seid
Ihr hier?

Arbaces. Im Dienst.

Salimenes. In welchem Dienst?

Belesis. Des Staats!
Das Vorrecht haben wir, dem Thron zu nahn.
Doch fanden wir den König nicht zu Haus.

Salimenes. Auch ich bin dienstlich hier.

Arbaces. Und darf man fragen:
Warum?

Salimenes. In Haft zu nehmen zwei Verräter.
He, Wachen, vor! *(Wachen treten ein)*
Satrapen! Eure Schwerter!

Belesis *(gibt ihm sein Schwert)*. Hier ist mein Schwert.

Arbaces *(zieht das seinige)*. Hier nimm das meinige!

Salimenes *(tritt vor)*. Das will ich auch.

Arbaces. Doch in dein Herz die Klinge!
Der Griff verlässt nicht meine Hand.

Salimenes *(zieht)*. Du willst
Mir trotzen? – Gut! – So wird nur das Verhör

Erspart und falscher Gnadenakt. – Soldaten!
Haut den Rebellen nieder!

Arbaces. Wie? Soldaten?
Allein wagst du es nicht?

Salimenes. Allein? Du Tor
Und Sklav'! Was ist an dir denn, dass ein Prinz
Sich fürchten sollt' vor offener Gewalt?
Uns schreckt nur dein Verrat, nicht deine Macht.
Dein Zahn ist stumpf, wenn ihm das Gift gebricht,
Der Schlange Gift, das nicht von Löwen kommt.
Haut nieder ihn!

Belesis *(tritt dazwischen)*. Arbaces! Bist du toll?
Gab ich mein Schwert nicht ab? Vertraue doch
Auf unsres Oberherrn Gerechtigkeit
Wie ich.

Arbaces. Nein! Lieber trau' den Sternen ich,
Von denen du geschwatzt und diesem Arm,
Und sterbe als ein König wenigstens
Des eignen Leibs und Hauchs, die niemand sonst
Mir fesseln soll.

Salimenes *(zu den Wachen)*. Ihr höret ihn und mich.
Nehmt nicht gefangen ihn, nein! Tötet ihn.

Die Wachen greifen Arbaces an, der sich tapfer und geschickt verteidigt, sodass sie weichen.

Sieht so es aus! Muss Henkersdienst ich tun?
Feiglinge seht, wie man Verräter fällt! *(Salimenes greift Arbaces an)*

Sardanapal tritt auf mit Gefolge.

Sardanapal. Halt ein! Bei eurem Leben sag' ich! Wie?
Seid taub, seid trunken ihr? – Mein Schwert! Wie dumm!
Ich trag' kein Schwert! – He, Bursche, gib mir deins!

Zu einem Soldaten. Er entreißt ihm sein Schwert und stürzt sich damit zwischen die Kämpfenden. Sie trennen sich.

In meinem eigenen Palast sogar!
Was hindert mich, in Stücke euch zu haun,
Ihr frechen Raufer, ihr?

Belesis. Dein Rechtsgefühl,
Mein König.

Salimenes. Oder deine Schwäche!

Sardanapal *(erhebt das Schwert)*. Was?

Salimenes. Schlag zu, wenn du den Schlag nur wiederholst
Auf den Verräter dort, – den du verschonst,
Um ihn zu foltern, hoff' ich. Dann bin ich
Zufrieden, Herr!

Sardanapal. Wie, ihn? Wer wagt es, dem
Arbaces an den Hals zu gehen?

Salimenes. Ich!

Sardanapal. Prinz, Ihr vergesst Euch! Wer gab Euch das Recht?

Salimenes *(zeigt das Siegel)*. Du selbst!

Arbaces. Des Königs Siegel!

Salimenes. Ja, und mög'
Der König es bestätigen!

Sardanapal. Ich gab's
Zu solchem Zweck nicht aus der Hand.

Salimenes. Du gabst's
Für deine Sicherheit; ich hab's gebraucht
Zum Besten nur. Sprich dich nun selber aus.
Jetzt bin ich nur dein Sklav', doch eben noch
Vertrat ich dich.

Sardanapal. Steckt eure Schwerter ein!

Arbaces und Salimenes stecken ein.

Salimenes. Das meine steckt; doch bitt' ich dringend dich:
Steck' deins nicht ein! Das einz'ge Zepter ist's,
Das noch für deine Sicherheit dir bürgt.

Sardanapal. Es ist so schwer! Auch schmerzt die Hand mir, von
Dem Griff. *(Zu dem Soldaten)* Da, Bursche, nimm dein Schwert zurück! –
Ihr Ruhestörer, sagt, was soll dies heißen?

Belesis. Der Prinz allein kann Antwort darauf geben.

Salimenes. Dass ich dir treu, und dies Verräter sind.

Sardanapal. Verräter dies? Arbaces und Belesis?
'S wär ein Komplott, das ich nicht glauben könnt'!

Belesis. Womit beweist Ihr es?

Salimenes. Das will ich sagen,
Sobald das Schwert von Eurem Spießgesellen
Der König heischt.

Arbaces *(zu Salimenes)*. Ein Schwert, das ich so oft
Wie du gezogen gegen seine Feinde!

Salimenes. Und gegen seinen Bruder jetzt, ja mehr!
In einer Stunde sicher auf ihn selbst.

Sardanapal. Das ist nicht möglich! Nein, er wagt es nicht!
Nein! Nichts will ich von solchen Dingen hören.
So eitle Zänkerein entstehn an Höfen
Durch schlechte Ränke, schlecht're Mietlinge,
Die nur vom Lügen über Bess're leben.
Du bist gewiss betrogen worden, Bruder.

Salimenes. Befiehl ihm erst, dass er sein Schwert dir geb'
Und dadurch zeig', dass er dein Untertan.
Ich steh' für alles ein.

Sardanapal. Wenn ich es dächt' –
Doch nein! Es kann nicht sein! Arbaces sollt',
Der treue, derbe, zuverlässige
Soldat, der beste Feldhauptmann, der mir
In Zucht die Völker hält – Nein, nicht so tief
Möcht' ich ihn kränken, dass ich ihm beföhl',
Das Schwert an mich zu geben, das er nie
Dem Feinde gab. – Behalt' dein Schwert, Gen'ral!

Salimenes *(gibt das Siegel zurück)*.
So nimm dein Siegel hier zurück, mein König!

Sardanapal. Nein, nein! Behalt' es noch. Doch brauche es
Mit größ'rer Mäßigung fortan.

Salimenes. Mein König!
Ich brauchte es zu deiner Ehre nur
Und geb's zurück, weil ich's mit meiner Ehre
Nicht mehr behalten kann. – Verleih's Arbaces!

Sardanapal. Ich sollt' es tun: Er hat es nie verlangt.

Salimenes. Sei überzeugt, er wird es doch sich holen,
Und ohne diesen leeren Schein von Achtung.

Belesis. Ich weiß nicht, was ein solches Vorurteil
Dem Prinzen gegen zwei Satrapen gab,
Die nie an Eifer für Assyriens Wohl
Von irgendeinem übertroffen wurden.

Salimenes. Still, falscher Priester, ungetreuer Krieger!
Du hegst in dir die Laster der zwei Klassen,
Die stets am schädlichsten der Menschheit waren.
Dein glattes Wort, dein heuchlerisches Spiel
Behalte sie für die, die dich nicht kennen.
Die Sünde deines Freundes ist doch kühn
Und durch die Ränke gleißend nicht gemacht,
Die in Chaldäa du gelernt.

Belesis. Hör' an
Oh Belus' Sohn, mein Fürst! Er lästert gar

Den Gottesdienst des Lands, das schon sein Knie
Vor deinen Vätern hat gebeugt.

Sardanapal. Oh bitte,
Dafür entledigt ihn! Erlassen will
Ich die Verehrung ihm der Toten, denn
Ich fühle, dass ich sterblich bin, und glaube,
Dass das Geschlecht, dem ich entsprang, das ist,
Was ich von ihm erblicke – Asche!

Belesis. König!
Oh glaub' es nicht, es ist dort bei den Sternen.

Sardanapal. Ich schicke dich dahin, eh' jene auf
Noch gehn, fährst du zu pred'gen fort. Ja, das
Ist Hochverrat!

Salimenes. Oh Herr!

Sardanapal. Schulmeistern mich
Im stumpfen Dienst assyr'scher Götzenbilder!
Macht ihm die Seele frei, gebt ihm sein Schwert.

Salimenes. Mein Herr und König! Haltet ein, ich bitte!

Sardanapal. Mir Reden halten und fast taub mich machen
Mit Baal und totem Volk, und der Chaldäer
Gestirnten Heimlichkeiten all!

Belesis. Monarch,
Verehre sie!

Sardanapal. Oh was das anbelangt,
Ich liebe sie; ich schau' sie gerne dort

Am blauen Himmel, und vergleiche, sie
Mit meiner Myrrha Augenstern. Gern seh'
Ich ihren silberhellen Strahl, wie er
Sich in des Euphrat sanften Wellen bricht,
Wenn mitternächt'ger Wind das breite Wasser.
Das leise durch des Ufers Schilfrohr seufzt,
In Krausen regt. – Doch ob es Götter sind,
Wie ein'ge sagen, oder Göttertempel,
Wie andre meinen, oder Lampen nur
Der Nacht, ob Welten oder Schein von Welten,
Das weiß ich nicht, das kümmert mich auch nicht.
Es liegt in dieser Ungewissheit mir
Ein Zauber, der so süß ist, dass ich ihn
Nicht gab' für der Chaldäer Lehren all.
Zudem ich weiß von ihnen alles, was
Der Staub von dem, was über ihm sich hebt,
Was unter ihm sich regt, kann wissen – nichts!
Ich schaue ihren Glanz, fühl' ihren Reiz;
Wenn auf mein Grab sie scheinen, werd' ich keins
Von beiden schaun.

Belesis. Sagt: besser schaun, mein Fürst.

Sardanapal. Erwarten will ich's, Oberpriester, wenn's
Beliebt! Einstweilen nimm dein Schwert zurück,
Und wisse, dass ich deinen Dienst als Krieger
Vorziehe deinem Gottesdienst. Doch lieb'
Ich keins von beiden sehr.

Salimenes *(beiseite)*. Die Wollust hat
Ihn toll gemacht. Ich muss ihn retten drum,
Auch wenn er selbst nicht will.

Sardanapal. Hört mich, Satrapen!
Und du besonders, Priester! Denn ich trau'
Dir weniger als dem Soldaten da,
Und würde ganz misstrauen dir, wärst du
Nicht halb Soldat. – Lasst uns in Frieden scheiden.
Ich will nicht sagen, dass ich euch begnad'ge,
Das könnt' ich einem Schuldigen nur sagen,
Und ich erkläre euch als solche nicht,
Obschon an meinem Atem eurer hängt
Und schlimmer noch als das, an meiner Furcht.
Doch fürchtet nichts! Mild bin ich, ängstlich nicht
Und drum lebt fort. Wär' ich der Mann, für den
Mich Mancher hält, so schwitzten eure Köpfe
Die letzten Tropfen eures schuld'gen Bluts
Schon von den hohen Gittern des Palasts
Hinunter in den Staub, ihr einzig Teil
Von dem ersehnten Reich, des Krone sie
So gern getragen. – Doch genug! Wie ich
Gesagt, ich will euch nicht für schuldig halten,
Noch schuldlos euch verdammen, ob auch bess're
Als ihr und ich, euch anzuklagen brennen.
Wenn euer Schicksal strengen Richtern ich
Nebst mancherlei Beweisen übergäb',
So könnt' ich leicht zwei Männer opfern, die,
Was sie auch jetzt sind, ehrlich einst gewesen.
Drum seid ihr frei, Satrapen!

Arbaces. Herr, die Gnade –!

Belesis *(unterbricht ihn)*. – Ist eurer würdig, und ob schuldlos gleich,
So danken doch wir –

Sardanapal. Priester! Deinen Dank
Spar' Belus auf, sein Sprosse braucht ihn nicht.

Belesis. Doch da ich schuldlos –

Sardanapal. Still! Die Schuld ist laut.
Wenn ihr getreu, so seid ihr schwer gekränkt
Und solltet' traurig sein, nicht Dankes voll.

Belesis. Das wären wir, wenn ird'sche Allmacht stets
Gerechtigkeit auch übt'; doch Unschuld muss
Ihr Recht gar oft als blose Gunst empfangen.

Sardanapal. Ein guter Stoff für eine Predigt wohl,
Doch hierher passt er nicht. Benütze ihn,
Wenn deines Königs Sach' vor seinem Volk
Du führst.

Belesis. Die Ursach' hierzu, denk' ich, fehlt.

Sardanapal. Die Ursach' wohl, doch die Ursächer nicht.
Wenn Solche ihr bei eurem Erdenamt
Als Inquisitor trefft, wenn ihr davon
In irgend einem Sternenwinkel lest,
Die euch ja Chronik sind, so merket euch,
Dass schlimm're Dinge zwischen Erd' und Himmel
Es gibt als den, der über viele herrscht,

Doch keinen schlägt; der zwar sich selbst nicht hasst,
Jedoch genug auch seine Nächsten liebt,
Um die zu schonen, die sein nimmer schonten,
Wenn sie einst würden Herr. Doch das ist noch
Nicht so gewiss! – Satrapen, eure Schwerter
Und auch Personen sind nun völlig frei,
Gebraucht sie, wie ihr wollt; doch kein Geschäft
Hab' von der Stunde an ich für euch Zwei –
Folg', Salimenes, mir!

Sardanapal, Salimenes und Gefolge ab.

Arbaces. Belesis!

Belesis. Nun?
Was meinet Ihr?

Arbaces. Dass wir verloren sind!

Belesis. Nein! Dass dies Reich wir eben grad' gewannen.

Arbaces. Wo denkst du hin, da ja an einem Haar
Das Schwert hing über uns und stets noch hängt,
Und jeden Augenblick auf uns herab
Geschleudert werden kann, durch seinen Hauch,
Der uns verschont – warum, das weiß ich nicht.

Belesis. Frag' nicht warum, lass uns die Frist benützen!
Noch ist die Stunde unser, unsre Macht
Die gleiche noch; die Nacht dieselbe auch,
Die wir bestimmt. Und nichts ist anders als
Dass wir gewiss nun wissen, uns bedroh'

Verdacht und jeder Aufschub wäre drum
Verrückt.

Arbaces. Und doch –

Belesis. Du zauderst noch?

Arbaces. Er schenkte
Das Leben uns; noch mehr, er rettete
Vor Salimenes uns.

Belesis. Wie lang' wird er
Uns schonen, bis er wieder mal berauscht
Sein wird.

Arbaces. Sag' eher, bis er nüchtern wird.
Doch tat er es auf edelmüt'ge Art
Und schenkte königlich, was wir so schlecht
Verwirkt.

Belesis. Nenn' es beherzt.

Arbaces. Von beidem was
Vielleicht. Doch hat es mich gerührt und was
Geschehn auch mag, ich mach' nicht weiter mit.

Belesis. Und so verlieren wir die Welt.

Arbaces. Wenn ich
Nur meine eig'ne Achtung nicht verlier'.

Belesis. Ich schäme mich, dass unser Leben wir
Solch einem Kunkelkönig danken sollen.

Arbaces. Und gleichwohl danken wir es ihm. Ich
schämte

Mich noch weit mehr, des Schenkers jetzt zu nehmen.

Belesis. Lass dir gefallen, was du immer willst,
Die Sterne haben's anders doch beschlossen.

Arbaces. Und, kämen sie herab und zeigten mir
In allem ihrem Glanze meinen Weg,
Ich folgte nicht.

Belesis. Das heiß' ich Schwäche – schlimmer
Als wenn ein ängstlich altes Weib von Toten
Geträumt hat und wacht dann im Finstern auf.
Geh mir hinweg!

Arbaces. Es dünkte mir, er sah
Wie Nimrod aus, als er so sprach, ja wie
Das stolze, königliche Standbild, das
Im Tempel steht und gleichsam wie der König
Der Kön'ge um ihn her, das Haus beherrscht,
Das jene schmücken nur.

Belesis. Ich sagte dir
Vorher, du achtest ihn für zu gering
Und etwas Königliches sei in ihm.
Was tut's? Nur umso würd'ger ist der Feind.

Arbaces. Und wir um so viel niedriger. Ich wollt',
Er hätt' uns nicht verschont!

Belesis. Und hättest du
So schnell geopfert werden mögen?

Arbaces. Nein!
Doch besser wär's gewesen, wenn ich starb,
Als lebte undankbar.

Belesis. Was gibt es doch
Für Menschenvolk! Du sannst, was einige
Verrat, Untreue andre Narren nennen;
Und sieh! Auf einmal, weil, um etwas oder
Um nichts, der tolle unbedachte Schwärmer
Mit stolzer Prahlerei sich zwischen dich
Und Salimenes stellt, wirst du zu einem
– Wie nenn', ich's nur? – Sardanapal! Ich kenn'
Ja keinen Namen schmählicher als den.

Arbaces. Wer so mich noch vor einer Stunde nannte,
Dem war an seinem Leben nichts gelegen,
Nun aber muss ich dir verzeihen, wie
Er uns verzieh – selbst die Semiramis
Hätt' solches nicht getan.

Belesis. Oh nein, die liebt'
Es nicht, ihr Reich mit irgend Wem zu teilen,
Selbst mit dem Gatten nicht.

Arbaces. Ich muss ihm treu
Nun dienen.

Belesis. Demutsvoll?

Arbaces. Nein, stolz, weil ehrlich!
Ich werde Thronen näher sein, als du
Dem Himmel bist; und wenn nicht ganz so hoch,
Erhabner doch. Du magst so handeln, wie

Dir gut erscheint; du hast Gesetzesbücher,
Mysterien und andre Sammlungen
Von Gut und Bös, der' ich für meinen Gang
Entbehr'. Drum folg' ich nur dem Rat, den mir
Ein redlich Herz erteilt. Nun kennst du mich.

Belesis. Bist du zu Ende?

Arbaces. Ja – mit dir!

Belesis. Und willst
Vielleicht mich nun verraten auch, wie du
Mich stecken lässt?

Arbaces. So denkt ein Priester, kein
Soldat.

Belesis. Gleichviel! Fort mit dem Wortgezänk
Und hör' mich an!

Arbaces. Nein, denn dein feiner Geist
Birgt mehr Gefahr als eine Phalanx mir.

Belesis. Wenn es denn sein muss, tu ich's auch allein.

Arbaces. Allein?

Belesis. Auf einem Thron sitzt einer nur.

Arbaces. Doch dieser ist besetzt.

Belesis. Mit Schlechterem
Als nichts, 'nem König, der missachtet ist. –
Bedenk, Arbaces, immer hab' ich dich
Geliebt, gefördert, angeregt; war selbst
Zu dienen dir gewillt, nur weil ich hoffte,

Assyrien so zu dienen, es zu retten.
Der Himmel selbst schien jetzt uns zuzustimmen
Und freundlich wirkte jeder Umstand mit
Bis diesen Tag, und nun schlägt mir dein Geist
In leere Milde um. Doch eher als
Mein Land ich länger leiden seh'. will ich
Sein Retter oder Opfer sein des Herrschers,
Ein's oder beid's, denn oft sind beide ein's;
Doch sieg' ich, ist Arbaces auch mein Knecht.

Arbaces. Dein Knecht?

Belesis. Warum nicht? Besser doch als Sklave,
Der Gnaden-Sklav' des Weibs Sardanapal.

Pania tritt auf.

Pania. Ich bringe eine Botschaft euch vom König.

Arbaces. Sie ist befolgt, eh' sie gesprochen ist.

Belesis. Gleichwohl verkünde sie.

Pania. Sofort habt ihr,
Noch diese Nacht, nach euern Satrapien
In Babylon und Medien zu gehn.

Belesis. Mit unsern Truppen?

Pania. Mein Befehl betrifft
Nur die Satrapen und ihr enger Haus.

Arbaces. Jedoch –

Belesis. Wir müssen folgen; sagt: Wir gehn.

Pania. Ich habe den Befehl, zu sorgen, dass
Ihr geht, nicht Antwort hinzubringen.

Belesis *(beiseite)*. Ah!
Nun, Herr, wir werden mit Euch gehn von hier.

Pania. Ich will die Ehrenwache herbefehlen,
Die eurem Rang gebührt, und warten bis
Ihr Muße habt, damit es länger nicht
Als eine Stunde währt. *(Pania ab)*

Belesis. Nun, jetzt gehorch'!

Arbaces. Gewiss!

Belesis. Ja, bis zum Gütertor, das den
Palast verschließt, der unser Kerker jetzt;
Doch weiter draußen nicht.

Arbaces. Du hast's getroffen!
In diesem ganzen großen Reiche gähnen
Auf jedem Schritt jetzt Kerker dir und mir.

Belesis. Sag': Gräber!

Arbaces. Dacht' ich dies, so sollte wohl
Mein gutes Schwert ein's mehr als meines graben.

Belesis. Es wird genug zu tun bekommen. Lass
Mich Bess'res hoffen, als du prophezeist.
Jetzt lass uns fort von hier, so gut es geht.
Du stimmst darin mit mir wohl überein,
Dass der Befehl ein Todesurteil ist?

Arbaces. Welch andre Deutung wäre ihm zu geben?
Stets war's die Politik der Könige des

Orients: Begnadigung und Gift, Gunst und
Ein Schwert, ein fernes Reiseziel, dazu
Der ew'ge Schlaf! Wie viel Satrapen, noch
Zu seines Vaters Zeit – denn er, ich geb'
Es zu, ist oder war blutdürstig nicht –

Belesis. Doch wird er's sein, und muss es jetzt.

Arbaces. Ich glaub's.
Wie viel Satrapen zu des Vaters Zeit
Sah ich nach mächt'gen Satrapien ziehn
Und auf dem Weg erblickt man ihre Gräber!
Ich weiß nicht, wie es kam, sie wurden krank;
Die Reise war auch gar so lang und schwer.

Belesis. Gewinnen wir nur erst die freie Luft
Der Stadt, so wollen wir die Reise kürzen.

Arbaces. Sie wird vielleicht am Tore uns gekürzt.

Belesis. Das nicht! Das wagen sie doch kaum. Sie wollen
Uns sterben lassen insgeheim, doch nicht
In dem Palast, im Umkreis nicht der Stadt,
Wo wir bekannt sind, wo wir Freunde haben.
Wenn sie uns hätten hier erschlagen wollen,
So wären wir nicht mehr am Leben. Lass
Uns fort von hier.

Arbaces. Wenn ich nur wüsste, ob
Er mir ans Leben will!

Belesis. Du Tor, was soll
Denn Despotismus anders wollen, der

In Angst? Lass uns zu unsern Truppen gehn,
Dann aber fort.

Arbaces. Nach unsern Satrapien?

Belesis. Nein! Deinem Königreiche zu! Jetzt ist
Es Zeit! Und Herz und Hoffnung, Macht und Mittel
Sind gleichfalls da, und freien Spielraum lässt
Uns ihre Halbheit. Komm!

Arbaces. So soll denn ich,
Der eben noch bereut, von Neuem fehlen?

Belesis. Die Selbstverteidigung ist eine Tugend,
Das einz'ge Bollwerk allen Rechts. Fort, sag'
Ich dir! Verlassen wir den Ort! Die Luft
Wird dick, erstickend, und die Mauern riechen
Nach gift'gem Kraut – hinweg! Wir dürfen ihnen
Nicht Zeit zu weit'rem Überlegen gönnen.
Der schnelle Abzug zeugt von unsrem Eifer,
Der schnelle Abzug hindert den Begleiter,
Den würd'gen Pania, der Weisung, die
In unserem Betreff erteilt ihm ward,
Um ein'ge Meilen noch zuvorzukommen.
Nein! Da ist keine Wahl, sag' ich, als fort!

Ab mit Arbaces, der widerstrebend folgt.
Sardanapal und Salimenes treten auf.

Sardanapal. Nun, jetzt ist alles ja zurecht gelegt
Und ohne Blut, dem schlimmsten Scheinheilmittel;
Und sicher sind wir, da wir sie verbannt.

Salimenes. Wie's wer auf Blumen geht, vor Schlangen ist
Die unter ihren Blättern kriechen.

Sardanapal. Nun,
Was willst du denn, was ich hätt' sollen tun?

Salimenes. Vernichten wieder, was du übereilt.

Sardanapal. Die Gnade widerrufen, die ich gab?

Salimenes. Die Krone fest aufs Haupt dir setzen, die
Noch wankt.

Sardanapal. Das wäre Tyrannei gewesen!

Salimenes. Doch sicher.

Sardanapal. Sind wir's jetzt nicht auch? Was können
Jenseits der Grenze sie uns Schaden bringen?

Salimenes. Sie sind noch nicht so weit, und kämen nie
Dahin, hätt'st du auf mich gehört.

Sardanapal. Ich hab'
Dich unparteisch angehört; warum
Denn nicht auch sie?

Salimenes. Das wirst du noch erfahren.
Wie jetzt die Sachen stehn, bitt' ich um Urlaub,
Die Wachen aufzustellen.

Sardanapal. Wirst zum Bankett
Du nicht erscheinen?

Salimenes. Herr, erlasst es mir.
Ich bin kein Zecher, gebt mir jeden Dienst,
Nur des Bacchanten nicht.

Sardanapal. Nun gut, doch ist
Zu zechen manchmal auch am Platz.

Salimenes. Noch mehr
Am Platz dünkt mir, dass einer wacht für die,
Die zechen gar zu oft. – Kann ich jetzt gehn?

Sardanapal. Du kannst. Doch warte noch, mein
Salimenes!
Mein Bruderherz, mein bester Untertan
Und bess're Prinz als ich ein König bin.
Du hättest Herrscher sollen sein und ich –
Ich weiß nicht was – bekümm're mich nicht drum.
Doch halte nicht für unempfindlich mich
Für deine Weisheit, deine Rechtlichkeit,
Dein rauhes und doch freundliches, wenn auch
Oft tadelndes Ertragen meiner Launen.
Wenn ich die Männer gegen deinen Rat
Verschont, das heißt ihr Leben, tat ich's nicht
Weil ich bezweifle, dass dein Rat verständig;
Doch lass sie leben nur! Wir wollen nicht
Um ihres Lebens Wert uns streiten. Mögen
Sie bessern sich! Ihr Gehn in die Verbannung
Wird meinen ruh'gen Schlaf mir lassen, den
Ihr Tod mir sicher nähm'.

Salimenes. Doch so läufst du
Gefahr, Verräter halb zu schlafen bald

Den ew'gen Schlaf. Ein peinlicher Moment
Wird so gekehrt in Jahre des Verbrechens.
Noch ist es Zeit, sie stumm und still zu machen.

Sardanapal. Versuch' mich nicht, ich gab mein Wort.

Salimenes. Du kannst
Es widerrufen.

Sardanapal. Nein! 'S ist Königs-Wort.

Salimenes. Drum sollte es entschieden sein. Jedoch
Die halbe Gnade der Verbannung dient
Zu reizen nur; voll muss die Gnade sein,
Sonst ist sie nichts.

Sardanapal. Und wer hat mich beredet,
Als ich sie abgesetzt, sie wenigstens
Aus unsrer Gegenwart verbannt, wer hat
In mich gedrängt, sie nach den Satrapien
Zu schicken?

Salimenes. Das ist wahr! Ich hatt's vergessen.
Indes wenn ihre Satrapien sie
Erreichen je – dann tadle meinen Rat.

Sardanapal. Und wenn sie jene nicht erreichen –
merk's!
In Sicherheit, mit heiler Haut erreichen,
So nimm die deinige in Acht.

Salimenes. Erlaub',
Dass ich jetzt geh', ich will besorgt nur sein
Für ihre »Sicherheit«.

Sardanapal. So geh' und, bitte,
Denk' künftig würdiger von deinem Bruder.

Salimenes. Ich werde treu stets dienen meinem König.

Salimenes ab.

Sardanapal *(allein)*. Der Mann ist von zu strenger
Denkungsart.
Hart, doch erhaben wie der Fels, und frei
Von jedem Flecken des gemeinen Staubs.
Ich bin von weich'rem Ton, mit Blumen ganz
Durchwebt. Wie aber unser Stoff, muss auch
Das sein, was aus ihm kommt. Wenn dies Mal ich
Geirrt, kam's aus dem Grund, wo Irrtum
Am leichtesten sich zeugt, aus dem Gefühl,
Das ich zu nennen nicht vermag: Es kommt
Mir oft wie Schmerz, manchmal wie Luft auch vor.
Es ist als ob ein Geist hier innen säß',
Und zählt' des Herzens Schläge, doch beschleunigt
Sie nicht, und stellte Fragen mir, wie sie
Mich Sterbliche zu fragen nie gewagt,
Selbst Baal nicht, der orakelhafte Gott,
Obschon sein Marmorantlitz majestätisch
Und zornig schaut, wenn in des Abends Schatten
Die Stirne dunkelt und ihr Ausdruck wächst;
Sodass mir manchmal ist, als wolle mir
Das Standbild etwas sagen – doch hinweg
Mit diesen närrischen Gedanken – weg!
Ich will jetzt fröhlich sein. Und da kommt auch
Der Freude ächter Herold schon!

Myrrha tritt auf.

Myrrha. Mein König!
Der Himmel ist bewölkt, es donnert fern
Aus Wolken, die uns eilig nahn, und Blitze
Verkünden zuckend uns ein schwer Gewitter.
Willst dennoch du aus dem Palaste gehn?

Sardanapal. Gewitter sagst du?

Myrrha. Ja, mein lieber Herr!

Sardanapal. Ich meines Teils wär' es nicht schlecht zufrieden,
Die holde Sonne einmal schwarz zu schaun
Und schwer im Kampf die starken Elemente;
Doch passte schlecht dies zu den seidnen Röcken
Und glatten Wangen unsrer Festesgäste.
Sprich, Myrrha, fürchtest du der Wolken Donner?

Myrrha. In meinem Vaterland wird ihre Stimme
Als Mahnung Jupiters verehrt.

Sardanapal. Aha!
Das ist wie unser Baal! Auch er besitzt
Des Donners Macht und immer zeugt ein Blitz,
Der niederzuckt, von seiner Göttlichkeit.
Er trifft manchmal die eigenen Altäre.

Myrrha. Das wär' ein schrecklich Omen.

Sardanapal. Ja für Priester!
Gut denn, wir bleiben im Palast heut' Nacht
Und feiern unser Freudenfest im Innern.

Myrrha. Zeus sei gelobt, dass er die Bitte hörte.
Die du nicht hören wollt'st. Die Götter sind
Dir wohlgesinnter, als du selbst es bist,
Und schleudern dies Gewitter zwischen dich
Und deine Feind', um dich davor zu schützen.

Sardanapal. Kind, wäre hier Gefahr, so dünkt mich, wär'
Die gleiche doch hier innerhalb der Mauern
Wie an des Flusses Rand.

Myrrha. Das nicht, die Mauern
Sind hoch und stark und wohl bewacht. Verrat
Müsst' manchen Schlangenweg, manch schweres Tor
Durchdringen erst; doch jener Pavillon
Ist kein Kastell.

Sardanapal. Nein! Doch auch der Palast,
Die Burg selbst nicht, noch auch die Spitze dort
Des Kaukasus in seinem Wolkenschloss,
Wo unzugänglich auf der Felsenzinne
Der Adler sitzt – sobald Verrat im Spiel.
So wie der Pfeil der Lüfte König trifft,
So findet auch der Stahl den Herrn der Erde.
Doch sei beruhigt! Jene Männer sind
Ob schuldig oder nicht, nunmehr verbannt
Und fern schon unterwegs.

Myrrha. Sie leben noch?

Sardanapal. So bist auch du von Blutdurst denn besessen?

Myrrha. Mich schreckte die gerechte Strafe nicht,
Die solche träfe, die bedroht dein Leben.
Wär' es nicht so, ich selbst verdiente nicht,
Dass ich noch leb'. Doch hast du ja hierüber
Des Prinzen Salimenes Rat gehört.

Sardanapal. Es ist doch wunderbar! Die Sanfte ist,
Der Strenge gegen mich, und beide drängen
Zur Rache mich.

Myrrha. In Hellas ist dies Tugend.

Sardanapal. Doch unter Kön'gen nicht – ich möchte nichts
Davon! Wenn ich ihr jemals fröhnen könnte,
Wär's gegen Kön'ge, meinesgleichen, nur.

Myrrha. Doch jene wollten dies ja sein.

Sardanapal. Ei Myrrha!
Dies klingt zu weibisch mir und kommt aus Furcht.

Myrrha. Um dich!

Sardanapal. Gleichviel! 'S ist dennoch Furcht. Ich hab'
Bemerkt, dass dein Geschlecht einmal in Zorn
Versetzt, in einem solchen Grade feig
Rachsüchtig war, dass ich nicht folgen möcht'.
Ich glaubte dich auch hiervon frei, wie von
Der kind'schen Schwäche asiat'scher Frau'n.

Myrrha. Mein Fürst! Nicht meiner Liebe rühmt' ich mich
Noch meiner andern Eigenschaften je.

Ich habe deine Herrlichkeit geteilt
Und will auch teilen dein Geschick. Du wirst
Vielleicht die Sklavin treuer finden als
Millionen Untertanen, doch verhüten
Die Götter das! Ich bin zufried'ner, wenn
Geliebt ich bin als Lohn für was ich fühle,
Als wenn im Unglück ich's beweisen müsst',
Das leicht nicht wich trotz allen meinen Müh'n.

Sardanapal. Unglück ist nicht, wo wahre Liebe lebt,
Nur noch erhöhen müsst' es sie und fliehn,
Weil es sie doch hinweg nicht scheuchen könnt'.
Lass uns hinein, die Stunde naht! Wir müssen
Noch Anstalt treffen, die gelad'nen Gäste,
Die unser Fest beehren, zu empfangen. *(Beide ab)*

Dritter Akt

Erster Auftritt

Beleuchteter Saal im Palast.
Sardanapal und seine Gäste bei Tische. – Draußen Gewitter.
Hie und da hört man während des Banketts donnern.

Sardanapal. Die Becher füllt! Heut' ist es, wie ich's liebe.
Hier ist mein wahres Reich: bei hellen Augen
Und bei Gesichtern, die so froh wie schön!
Bis hierher reicht kein Gram.

Zamis. Noch irgendhin,
Wo unser König ist – da ist auch Lust.

Sardanapal. Ist es nicht besser so als Nimrods Jagden?
Als meiner wilden Ahne Jagd nach Reichen,
Die sie erobern, doch nicht halten konnte?

Altada. So mächtig immer sie regiert, wie ja
Dein ganzes göttliches Geschlecht, so hat
Doch keiner, der voran dir ging, die Höh'
Sardanapals erreicht, der seine Lust
Im Frieden fand, dem einzig wahren Ruhm.

Sardanapal. Und im Vergnügen, mein Altada, zu
Dem Ruhm der Weg nur ist. – Was suchen wir?
Ergötzlichkeit! Und auf dem nächsten Weg

Gehn wir dahin, statt über Menschenleichen,
Wo wir ein Grab bei jedem Tritte öffnen.

Zamis. Nein! alle Herzen sind beglückt und preisen
Des Friedens König laut, der eine Welt
In Lust erhält.

Sardanapal. Seid dessen ihr gewiss?
Ich hab' schon etwas anderes gehört.
Man sagt, dass es Verräter gibt.

Zamis. Der ist
Verräter, der dies wagt zu sagen. Nein!
Unmöglich ist's! Wo wäre denn ein Grund?

Sardanapal. Ein Grund? 'S ist wahr! Füllt eure Becher nur!
Wir denken nicht mehr dran; 's gibt keine – oder
Wenn es auch gab, so sind sie fort.

Altada. Ihr Gäste,
Tut mir Bescheid, doch dies Mal auf den Knien!
Trinkt auf das Wohl des Königs, unsers Herrn.
Was sag' ich? Nein, des Gotts Sardanapal.

Zamis und die Gäste knien und rufen.

Der Gott Sardanapal, der mächt'ger als
Sein Vater Baal!

Es donnert, während sie knien. Einige fahren erschrocken in die Höhe.

Zamis. Was steht ihr, Freunde, auf?
Der mächt'ge Donner zeugt, dass seine Ahnen,
Die Götter, mit uns einverstanden sind.

Myrrha. Dass sie uns droh'n vielmehr! Mein König, du
Erträgst dies gottlos tolle Tun?

Sardanapal. Gottlos?
Nein! Wenn die Könige, die vor mir waren,
Jetzt Götter sind, will ihrer Rasse Glanz
Ich nicht entweihn. – Doch, Freunde, steht nur auf!
Spart eure Ehrfurcht für den Donn'rer dort.
Ich will geliebt, nicht angebetet sein.

Altada. Ein jeder treue Untertan soll beides,
Ja beides immer tun.

Sardanapal. Der Donner wächst,
'S ist eine Schreckensnacht.

Myrrha. Für jeden ja,
Dem kein Palast sich hebt, wo die Verehrer
Er bergen kann.

Sardanapal. Sehr wahr, geliebte Myrrha!
Könnt' ich mein Reich verwandeln in ein groß
Gebäu, wo jedes Elend fände Schutz,
Ich tät's.

Myrrha. Du bist also kein Gott, da du
So gute Absicht nicht ins Werk kannst setzen,
Trotzdem du möcht'st?

Sardanapal. Und deine Götter also,
Sie könnten's wohl, tun's aber nicht?

Myrrha. Sprich nicht
Davon, du forderst sie heraus.

Sardanapal. Ja, ja!
Sie sind, wenn man sie tadelt, wie die Menschen! –
Hört, Freunde, da kommt ein Gedanke mir!
Wenn's keine Tempel gäb', glaubt ihr, es gäb'
Anbeter in der freien Luft? Das heißt,
Wenn's grollt und donnert, wie es heute tut?

Myrrha. Der Perser betet auf den Bergen an.

Sardanapal. Ja, wenn die Sonne scheint.

Myrrha. Ich frage dich:
Wenn dachlos dein Palast und öde wär',
Wie viele Schmeichler leckten wohl den Staub,
In dem der König läg'?

Altada. Zu spöttisch spricht
Die schöne Ionierin von einem Volk,
Das sie nicht kennt. Nein, die Assyrer kennen
Nur ihres Königs Glück: Ihm dienen ist
Ihr größter Stolz.

Sardanapal. Verzeiht, ihr Gäste, doch
Der schönen Griechin Redefertigkeit.

Altada. Verzeihen, Herr? Wir ehren sie nächst dir
Am höchsten ja. – Horch! – Was war das?

Zamis. Ei nur
Der Schall von Türen, die der Wind geworfen.

Altada. Es tat wie das Geklirr von – Horch! – Schon wieder!

Zamis. Der Regen ist's, der auf die Dächer fällt.

Sardanapal. Genug davon! – Myrrha! Mein Lieb'! Hast du
Dein Lautenspiel bereit? Sing' uns ein Lied,
Von Sappho ein's, weißt du, die sich ins Meer –

Pania tritt mit blutigem Schwert und Gewand, in höchster Aufregung herein. Die Gäste fahren erschrocken empor.

Pania *(zu den Wachen)*. Besetzt die Tore! Rasch! Eilt was ihr könnt
Zum äußern Wall! – Auf, zu den Waffen, auf!
Der König ist bedroht! – Mein Fürst! Verzeih'
Die Hast! Die Treue trieb mich nur –

Sardanapal. Fahr fort!

Pania. Es ist, wie Salimenes fürchtete:
Verrat von den Satrapen!

Sardanapal. Halt! Du bist
Verwundet. Gebt ihm Wein! – Komm erst zu Atem,
Mein guter Pania!

Pania. 'S ist nichts! Die Wunde
Ist nur im Fleisch. Ich bin mehr abgehetzt
Weil meinen Herrn zu warnen, ich so sehr
Geeilt, – als durch den Kampf verletzt.

Myrrha. Nun – und?
Wie ist's mit den Rebellen? Sprich!

Pania. Kaum hatt'
Arbaces und Belesis ihr Quartier
Erreicht, so weigerten sie jeden Marsch.
Als ich versuchte, die Gewalt zu brauchen,
Die mir verliehen war, da wandten sie
An ihre Truppen sich, die nun in Trotz
Sich gegen mich erhoben.

Myrrha. Alle?

Pania. Nur
Zu viel!

Sardanapal. Halt' nichts zurück, um meinem Ohr
Die Wahrheit zu ersparen.

Pania. Meine Wache,
Zwar klein, blieb doch getreu, und was davon
Noch übrig blieb, ist's noch.

Myrrha. Und sind dies alle
Getreuen Kräfte, die uns bleiben?

Pania. Nein!
Die Baktrier, die Salimenes führt,
Der eben auf dem Wege zu mir war,
Weil ihn Verdacht auf jene Meder trieb,
Sind stark an Zahl und machen kräftig gegen
Die Aufgestand'nen Front, verteid'gen Zoll
Um Zoll, und haben einen Kreis um den
Palast formiert, wo alle ihre Kraft

Sie konzentrieren, und dich retten wollen.
(Er zögert). – Ich bin beauftragt, dich –

Myrrha. Es ist jetzt nicht
Die Zeit zur Zögerung.

Pania. Prinz Salimenes
Ersucht den König dringend, sich zu waffnen,
Sei's einen Augenblick auch nur, und bei
Den Truppen sich zu zeigen. Dein Erscheinen
In dieser Stunde müsste mächt'ger wirken,
Als Heere für dich könnten tun.

Sardanapal. Heda!
Mein Rüstzeug her!

Myrrha. Du willst –?

Sardanapal. Warum denn nicht?
Macht fort! Doch sucht nicht nach dem Schild, der ist
Zu schwer! Ein leichter Panzer und mein Schwert!
Wo stehn die Schufte?

Pania. Einen Bogenschuss
Kaum von dem äußern Wall ras't jetzt der Kampf
Am heftigsten.

Sardanapal. So kann zu Pferd ich fechten.
He Sfero! Hol' mein Ross! Wir haben Platz
In unsern Höfen und am Außentor,
Um halb Arabiens Reiter drauf zu tummeln. *(Sfero ab)*

Myrrha. Wie lieb' ich dich!

Sardanapal. Nie zweifelt' ich daran.

Myrrha. Doch jetzt erst kenn' ich dich.

Sardanapal *(zu seinem Diener)*. Bring' auch den Speer!
Wo ist denn Salimenes nur?

Pania. Wo ein
Soldat sein muss: im dicksten Kampf.

Sardanapal. Dann eil'
Zu ihm. – Ist noch die Straße frei? Besteht
Verbindung zwischen Phalanx und Palast?

Pania. Sie war noch, als ich ihn verließ. Auch fürcht'
Ich nichts, denn unsre Leute stehen fest;
Die Phalanx ist formiert.

Sardanapal. Sag' ihm, er soll
Noch schonen seine eigene Person.
Ich werde meine jetzt nicht schonen. Sag',
Ich komme gleich.

Pania. In diesen Worten schon
Liegt Sieg. *(Pania ab)*

Sardanapal. Altada! Zamis! Waffnet euch!
Im Waffensaal trefft alles Nöt'ge ihr.
Seid auch besorgt, dass man die Frau'n in den
Entfernteren Gemächern unterbringt
Und eine Wache stellt bei ihnen auf,
Mit dem Befehl, dass ihren Posten sie
Nur mit dem Leben lassen solle. Zamis!
Befehl'ge sie! – Altada, waffne dich

Und komm dann wieder her; dein Posten ist
Bei mir. *(Alle außer Myrrha ab)*

Sfero und andere mit des Königs Waffen.

Sfero. Dein Rüstzeug, König!

Sardanapal. Gib! – Den Harnisch!
– So! – Meinen Schild! – Und jetzt mein Schwert! Ich hab'
Den Helm vergessen. Nun, wo ist er? – Gut!
Doch nein! Der ist zu schwer. Ihr irrtet Euch.
Den meinte ich auch nicht. Ich will den andern,
Den mit dem Diadem.

Sfero. Zu sichtbar schien
Der mir, oh Herr, der reichen Steine halb,
Um Eure heil'ge Stirn' damit zu schützen;
Und glaubt mir, der ist besser im Metall,
Wenn auch nicht ganz so reich.

Sardanapal. Das schien dir so?
Bist zum Rebellen du geworden? Mensch!
Nur zu gehorchen hast du! Geh' zurück!
Doch nein, es ist zu spät, und ohne Helm
Will ich jetzt gehn.

Sfero. Nehmt den hier wenigstens.

Sardanapal. Den Kaukasus? Nein, nein! Wie ein Gebirg'
Säß der mir auf dem Kopf.

Sfero. Mein König! so
Geht der gemeinste Krieger nicht in das
Gefecht. Es wird Euch jedermann erkennen;
Denn das Gewitter ist vorbei, der Mond
Scheint hell.

Sardanapal. Ich gehe, dass man mich erkennt,
So wird man's umso eher tun. Nun, noch
Den Speer! – Ich bin bewehrt.

Beim Gehen hält er schnell und wendet sich gegen Sfero.

He Sfero, ich
Vergaß! Bring' doch den Spiegel!

Sfero. Herr, den Spiegel?

Sardanapal. Den von poliertem Kupfer, ja, der aus
Der ind'schen Beute stammt. – Doch spute dich!
(Sfero ab)
Myrrha, zieh' dich nach einem sichern Ort
Zurück. Was gingst du mit den andern nicht?

Myrrha. Weil hier mein Platz.

Sardanapal. Doch wenn ich geh'?

Myrrha. Ich folge!

Sardanapal. Auch in die Schlacht?

Myrrha. Und wär' es so, wär' ich
Die erste Griechin nicht, die diesen Pfad
Betrat. – Ich will hier warten, bis zurück
Du kehrst.

Sardanapal. Die Halle hier ist kein Versteck.
Hier wird zuerst man suchen, wenn's der Feind
Gewinnt. Und wenn ich dann nicht wiederkehr' –

Myrrha. So treffen wir uns doch.

Sardanapal. Wo das?

Myrrha. Dort, wo
Wir alle einst uns treffen, tief im Hades,
Wenn, wie ich glaube, über'n Styx hinaus
Ein Land noch liegt. Und so das nicht, im Staub!

Sardanapal. Das willst du wagen?

Myrrha. Alles wage ich,
Nur überleben nicht, was ich geliebt,
Nur Beute der Empörer werden nicht!
Zieh' hin und kämpf', so brav du immer kannst.

Sfero kommt mit dem Spiegel zurück.

Sardanapal *(betrachtet sich)*. Der Panzer steht mir gut,
noch mehr die Kuppel,
Doch gar nicht dieser Helm.

Wirft den Helm weg, nachdem er ihn noch einmal probiert hat.

Mir scheint, ich seh'
Vortrefflich aus in diesem Putz. Nun will
Ich prüfen all das Zeug. – Altada, he!
Wo ist Altada?

Sfero. Draußen wartet er,
Er hält Euch Euern Schild bereit, mein König.

Sardanapal. Ah ich vergaß! Er ist mein Schildknapp' ja
Kraft eines Rechts, das sich auf ihn vererbt. –
Umarme, Myrrha, mich! Noch einmal! – noch
Einmal und lieb' mich, was auch kommen mag.
Mein höchster Ruhm soll sein, mich deiner Lieb'
Stets würdiger zu machen.

Myrrha. Geh' und sieg'! *(Sardanapal mit Sfero ab)*
Ich bin allein, sie alle sind hinaus;
Wie Wen'ge kehren von den allen wohl
Zurück! Wenn er nur siegt, mag ich zu Grund'
Auch gehn! Wenn er nicht siegt, dann jedenfalls
Geh' ich zu Grund. Ich überleb' ihn nicht.
Er hat sich um mein Herz gerankt, ich weiß
Nicht wie? Warum? Nicht weil er König ist,
Denn jetzt schwankt unter seinem Thron sein Reich,
Die Erde gähnt, um ihm nicht mehr zu lassen
Als Grabesraum, doch lieb' ich ihn nur mehr.
Vergib die ungeheuerliche Lieb',
Oh mächt'ger Zeus, die ein Barbar mir ein-
Geflößt, der vom Olymp nichts weiß. Ich lieb'
Ihn doch! Jetzt noch weit mehr als – horch! Das
Kriegs-
Geschrei! Mich dünkt, es nähert sich. Wenn das
Sollt' sein – (zieht ein Fläschchen hervor) so mög'
dies feine kolch'sche Gift,
Das zu bereiten einst mein Vater am
Euxin gelernt, und das er mich zu braun
Gelehrt, mich rasch befrein. Es hätte mich
Schon längst befreit, wenn ich geliebt nicht hätte

Und drob vergessen, dass ich Sklavin bin.
Wo alle Sklaven sind, nur einer nicht,
Und alle stolz auf ihre Sklaverei,
– Sind sie von einem nur bedient, der noch
Auf tiefrer Stufe steht der Dienstbarkeit –
Vergisst man leicht, dass Schellen, die als Schmuck
Wir angelegt, nicht wen'ger Fesseln sind. –
Schon wieder das Geschrei und das Geklirr
Von Waffen – jetzt – und jetzt –

Altada tritt auf.

Altada. He Sfero! He!

Myrrha. Er ist nicht hier. Was wolltest du von ihm?
Wie geht der Kampf?

Altada. Sehr heftig, zweifelhaft.

Myrrha. Was macht der König?

Altada. Er kämpft königlich.
Ich muss zu Sfero, um 'nen neuen Speer
Und einen Helm zu holen. Bisher focht'
Mit bloßem Haupt er und zu ausgesetzt.
Die Leute sehen sein Gesicht, doch auch
Der Feind; und in des Mondes klarem Licht
Macht ihn das seidne Band, sein Lockenhaar
Zu allzu königlichem Ziel. Und nach
Dem schönen Kopf und Haar, und nach dem Band,
Das beide krönt, zielt jeder Feindespfeil.

Myrrha. Ihr Götter, die ob meinem Vaterland
Ihr blitzt und donnert, schützet ihn! – Hat Euch
Der König selbst gesandt?

Altada. Nein, Salimenes.
Er schickte insgeheim und ohne dass
Der sorglose Monarch was weiß, mich mit
Dem Auftrag her. Der König kämpft so, wie
Er zecht! – He Sfero, he! – Im Rüstsaal such'
Ich ihn, dort muss er sein. *(Altada ab)*

Myrrha. 'S ist keine Schande!
'S ist keine Schande mehr, dass ich den Mann
Geliebt. Ich wünsche jetzt beinah', was nie
Ich noch gewünscht: dass er ein Grieche wäre.
Wenn der Alcid sich dadurch schändete,
Dass er das Kleid zog an der Omphale
Und ihren Rocken trieb; verdient gewiss,
Wer plötzlich so zum Herkules sich wandelt,
Wenn er von Jugend auf in Weiberkunst
Genährt, vom Gastmahl weg tief in die Schlacht
Sich stürzt, dass ihn ein griechisch Mädchen liebt,
Dass einst ein griech'scher Sänger ihn besingt,
Ein griechisch Denkmal seinem Grabe wird.
– Wie steht der Kampf, mein Freund?

Ein Offizier tritt ein.

Offizier. Verzweifelt steht's,
Fast hoffnungslos verloren! – Zamis! Zamis!
Wo ist er denn?

Myrrha. Er kommandiert die Wache,
Die vor dem Frau'ngemache schützend steht. *(Offizier ab)*
Er sagt mir nichts, als alles sei verloren,
Und eilt hinweg. Was brauch' ich mehr zu wissen?
In diesen Worten, diesen wenig Worten
Vergeht ein König und ein Königreich,
Ein Haus, das dreizehnhundert Jahre blühte,
Von Tausenden das Leben, und das Glück
Von allen, die der Tod verschont. Auch ich
Werd' dann mit Ihm – der leichten Blase gleich,
Die mit der Welle, die sie trug, verrinnt –
Zu nichts! Zum wenigsten ist mein Geschick
In meiner Hand. Kein stolzer Sieger soll
Bei seinem Beuteteil mich schaun.

Pania tritt auf.

Pania. Komm mit.
Und zög're nicht! Ein Augenblick nur bleibt,
Verlieren wir ihn nicht.

Myrrha. Der König ist –?

Pania. Er schickte mich hierher, dich fortzubringen
Durch den geheimen Gang ans andre Ufer.

Myrrha. So lebt er denn?

Pania. Und trug mir auf, dein Leben
Zu sichern ihm. Er bittet, dass du lebst,
Lebst seinethalb, bis dir er sich vereint.

Myrrha. So will er fliehn?

Pania. Noch lange nicht! Er tut,
Was nur Verzweiflung kann, und Schritt vor Schritt
Verteidigt jetzt er den Palast.

Myrrha. So sind
Sie hier? – Ja, ja, ihr Kriegsgeschrei durchtobt
Die alten Hallen, die Rebellenruf
Noch nie bis diese Schreckensnacht entweiht.
Leb' wohl, Assyriens Geschlecht! Lebt wohl,
Ihr Nimrodssöhne all! Der Name selbst
Ist schon nicht mehr!

Pania. Komm mit mir fort! Komm fort!

Myrrha. Nein! Sterben will ich hier! Geh' hin und sag'
Sardanapal, dass bis zum Tod ich ihn
Geliebt.

Sardanapal und Salimenes mit Soldaten treten auf. Pania verlässt Myrrha und gesellt sich zu jenen.

Sardanapal. Da's so weit ist, so wollen wir
Da, wo wir einst geboren, nun auch sterben,
Im eig'nen Haus! Schließt eure Reihn, steht fest!
Ich habe einen zuverläss'gen Hauptmann
Zu Zamis' Schar geschickt, die frisch noch ist
Und treu. Gleich werden hier sie sein. Noch ist
Nicht alles aus. Sorg', Pania, nur für Myrrha.

Pania tritt wieder zu Myrrha.

Salimenes. Wir können hier noch Atem schöpfen, Freunde!
Dann noch einmal, drauf für Assyrien!

Sardanapal. Nein sag' für Baktrien! Ich will hinfort
Euch König sein, ihr treuen Baktrier.
Zusammen halten wollen wir dies Reich,
Und wär's nur noch Provinz.

Salimenes. Sie kommen, horch!
Sie rücken an!

Belesis und Arbaces mit Rebellen treten auf.

Arbaces. Greift an! Wir haben sie
Im Garn. Greift an!

Belesis. Drauf! Drauf! Der Himmel ficht
Für uns und mit uns, drauf!

Sie greifen den König und Salimenes an, die sich abwehrend verhalten, bis Zamis mit der oben erwähnten Schar anlangt. Die Rebellen werden hierauf zurückgeworfen und von Salimenes verfolgt. Wie auch der König sie verfolgen will, tritt ihm Belesis entgegen.

Belesis. Hollah, Tyrann!
Ich ende jetzt den Krieg.

Sardanapal. So tu' auch ich,
Mein kriegerischer Pfaff und Erzprophet,
Mein dankbarer und treuer Untertan!
Ergib dich mir, ich bitt' Ich möchte dich
Für ein geeigneter Gericht bewahren
Und meine Hand in heilig Blut nicht tauchen.

Belesis. Ha! Deine Stunde ist gekommen!

Sardanapal. Nein!
Die deine ist's. Ich las noch jüngst, obschon
Erst junger Astrologe, in den Sternen,
Und als ich an den Tierkreis kam, fand ich
Dein Schicksal im Skorpion, und das bedeutet,
Dass du zertreten wirst.

Belesis. Doch nicht durch dich!

Sie fechten. Belesis wird verwundet und entwaffnet.

Sardanapal *(erhebt das Schwert, um ihn niederzustoßen)*.
Ruf deine Sterne an, herabzuschießen,
Um ihren Seher, ihren Ruf zu retten!

Eine Abteilung Rebellen stürmt herein und befreit Belesis. Sie greift den König an, der seinerseits durch eine Abteilung Soldaten gerettet wird, welche die Rebellen vertreiben.

Der Schuft war also doch wohl ein Prophet.
Auf sie, ihr Leute! Unser ist der Sieg! *(Sie verfolgen jene)*

Myrrha *(zu Pania)*. Verfolge sie! Was stehst du hier und lässt
Der Kameraden Reihen ohne dich
Zum Siege gehn?

Pania. Der König gab mir den
Befehl, dich nicht mehr zu verlassen.

Myrrha. Mich?
Denk' nicht an mich, mein Freund! Jetzt darf der Arm
Von keinem einz'gen Streiter fehlen. Geh'!

Ich will, ich brauche keine Wache. – Wie?
Wo eine Welt steht auf dem Spiel, lässt man
Ein Weib bewachen? Fort, sag' ich, wenn du
Noch Ehre hast im Leib; – Du weigerst dich?
Nun so geh' ich, ein schwaches Weib, und stürz'
Mich mitten in den wilden Kampf, und heiß'
Dich mich bewachen dort, wo deinen Herrn
Du schützen sollst. *(Myrrha ab)*

Pania. Bleibt, Jungfrau!– Sie ist fort.
Wenn etwas ihr passieren sollt', möcht' lieber
Mein eigen Leben ich verlieren, denn
Sardanapal hält sie weit höher als
Sein Reich; doch ficht er jetzt für dieses auch.
Und kann ich wen'ger tun als er, der nie
Bis jetzt ein Schwert noch schwang? – Oh Myrrha! kehr'
Zurück und ich gehorche dir, muss auch
Dem König so ich ungehorsam sein. *(Pania ab)*

Altada und Sfero treten durch die entgegengesetzte Türe ein.

Altada. He, Myrrha! – Nicht mehr da? – Doch war sie hier,
Als hoch die Schlacht noch ging; auch Pania.
Sollt' ihnen was begegnet sein?

Sfero. Ich sah
Sie beide ganz, als die Rebellen flohn.
Sie haben sich nun wohl zurückgezogen
Und sind dem Harem zu.

Altada. Wenn der Monarch
Heut' Sieger bleibt, wie es den Anschein hat,
Und seine Ionierin vermisst, so geht's
Uns schlimmer als gefangenen Rebellen.

Sfero. So suchen wir sie auf; sie können weit
Nicht sein. Wenn wir sie finden, bildet sie
'Nen reichern Preis für unsern süßen Herrn
Als sein zurückerobert Königreich.

Altada. Baal selbst focht wilder nie, um sich ein Reich
Zu gründen, als sein zarter Enkel es
Zu retten tat. Zu Schanden macht' er so
Die Prophezeiungen von Freund und Feind;
Und wie ein dumpfer, schwüler Sommertag
Ein abendlich Gewitter bringt, so bricht
Er jetzt mit einem Donner drein, der scharf
Die Luft durchfegt, die Erde überschwemmt.
Der Mann ist unberechenbar.

Sfero. Nicht mehr
Als andre sind, denn der Verhältnisse
Geschöpf sind alle doch. – Komm fort! Lasst uns
Die Sklavin suchen, oder uns gefasst
Drauf machen, dass für seine Narrheit man
Uns foltert, und ob schuldlos auch, verdammt. *(Beide ab)*

Salimenes und Soldaten treten auf.

Salimenes. Der Sieg schwankt hin und her. Von dem Palast
Ist abgewehrt der Feind; und mit den Truppen,

Die auf des Euphrats andrem Ufer stehn,
Verbindung hergestellt. Und hoffentlich
Sind die noch treu. Sie müssen es wohl sein,
Wenn sie vernehmen, dass wir hier gesiegt. –
Wo aber bleibt denn unser Siegesheld?
Wo ist der König?

Sardanapal mit seinen Leuten und Myrrha treten auf.

Sardanapal. Hier, mein Bruder!

Salimenes. Ah!
Und unverwundet doch?

Sardanapal. Nicht ganz. Doch lass
Das sein. Wir haben den Palast gesäubert.

Salimenes. Ich hoffe, auch die Stadt. Es wächst das Heer.
Ich hab' 'ne Schar von Parthern vorgeschickt,
Die bisher klug zurückbehalten, jetzt
Noch frisch und feurig sind. Sie sollen auf,
Die Weichenden sich stürzen und in Flucht
Den Rückzug wandeln.

Sardanapal. Das ist schon geschehn.
Sie liefen schneller wenigstens, als ich
Mit meinen Baktriern nur folgen konnt',
Trotzdem wir keine Müh' gespart. – Ich bin
Erschöpft. Gebt mir 'nen Stuhl!

Salimenes. Hier steht der Thron.

Sardanapal. Das ist kein Platz zum Ruhn, nicht für den Leib,
Nicht für den Geist! Gebt mir mein Ruhebett,
Nen Bauernstuhl, gleichviel was es auch ist!

Sie stellen ihm einen Sitz hin.

So, freier atm' ich jetzt.

Salimenes. Der heut'ge Tag
Ist deines, Lebens hellster, rühmlichster.

Sardanapal. Und auch der lästigste. – Wo ist mein Mundschenk?
Bringt etwas Wasser mir.

Salimenes *(lächelnd)*. Das erste Mal,
Dass solche Weisung er erhielt. Selbst ich,
Der strengste Eurer Räte, spräche heut'
Für röteres Getränk.

Sardanapal. Für Blut – nicht wahr?
Doch davon haben wir genug vergossen.
Und was den Wein betrifft, so habe ich
Den Wert des reinen Elements heut' Nacht
Erkannt: Drei Mal trank ich davon, und drei
Mal gab es größre Stärke mir, als je
Die Traube tat, zum Angriff auf den Feind. –
Wo ist der Mann, der Wasser mir im Helm
Gebracht?

Ein Soldat. Er fiel, mein König. Als er grad'
Die letzten Tropfen aus dem Helm geschüttelt

Und auf das Haupt ihn wieder setzen wollt',
Fuhr durch die Stirne ihm ein Pfeil.

Sardanapal. So fiel
Er unbelohnt! Fiel, weil er meinem Durst
Gedient, der arme Sklave! Das ist hart!
Blieb er am Leben, hätt' mit Gold ich ihn
Gestopft. Doch alles Gold der Welt hätt' doch
Die Wonne dieses Trunks ihm nicht bezahlt,
Denn ich war ausgedörrt wie jetzt. *(Man bringt Wasser; er trinkt)*
Jetzt leb'
Ich wieder! Künftig will den Wein ich für
Der Liebe Stunden vorbehalten, doch
Mit Wasser führen meinen Krieg.

Salimenes. Und was,
Mein König, soll die Binde hier am Arm?

Sardanapal. Ein Ritz vom tapferen Belesis.

Myrrha. Ach!
Verwundet ist mein Fürst?

Sardanapal. Nicht eben sehr,
Doch fühlt es steifer sich und schmerzlicher,
Seitdem ich kühler bin.

Myrrha. Ihr bandet's mit –?

Sardanapal. Der Binde meines Diadems. Es ist
Das erste Mal, dass dieser Schmuck mir mehr
Als eine Last nur war.

Myrrha *(zu den Dienern)*. Holt eilends den
Geschicktsten Arzt! – Ich bitt', zieht Euch zurück,
Ich will Euch neu verbinden, Eurer pflegen.

Sardanapal. Tu das! Schon hämmert es gehörig hier.
Verstehst du denn von Wunden was? Jedoch
Was frage ich! Weißt du, mein Bruder, wo
Ich dieses Liebchen traf?

Salimenes. Bei andern Mädchen wohl,
Die wie Gazellen ängstlich sich geflüchtet.

Sardanapal. Nein, wie die Mutter eines jungen Löwen
Im Grimm des Weibs – und Grimm des Weibs heißt
Wut,
Denn aller Leidenschaften Übermaß
Ist weiblich ja – mit ihrem Jungen auf
Den Jäger stürmt, trieb mit Geberd' und Wort,
Mit Flammenblick und aufgelöstem Haar,
Sie die Soldaten' zur Verfolgung an.

Salimenes. Ist's wahr?

Sardanapal. Ja, diese Nacht hat nicht nur mich
Zum Mann der Schlacht gemacht. Ich musste stehn,
Sie anzuschaun: Und die erhitzten Wangen;
Das schwarze Aug', das durch ihr langes Haar,
Das drüber floss, geblitzt; die blauen Adern,
Die sichtbar schwollen auf der feinen Schläfe;
Die Nase, die aus ihrem Ebenmaß
Sich hob; die offnen Lippen und die Stimme,
Die all, den Lärm durchdrang – wie eine Laute
Den Schall der Zimbeln scharf und schrill durch-

dringt,
Von dem Gerassel zwar umwogt, doch nicht
Erstickt; die Arme fliegend, blendender
In ihrer angebornen Weiße als
Der Stahl, den in der Hand sie trug und den
Sie einem Toten nahm – dies alles machte,
Dass sie den Truppen als des Siegs Prophetin,
Als die Victoria selbst erschien, die zu
Uns kam, uns als die Ihrigen zu grüßen.

Salimenes *(beiseite)*. Das ist zu viel! Sein Liebesanfall kehrt
Zurück und alles geht zu. Grund, wenn wir
Nicht die Gedanken ihm nach andrem lenken. –
(Laut) Ich bitte, Herr, gedenket Eurer Wunde.
Ihr sagtet eben erst, sie schmerze Euch.

Sardanapal. So ist es auch, doch darf ich nicht dran denken.

Salimenes. Ich habe alles Nöt'ge vorgekehrt
Und will zunächst die Meldungen jetzt hören.
Ob die Befehle, die ich gab, befolgt;
Dann kehre ich zurück, um zu vernehmen,
Was Ihr beschließt.

Sardanapal. So sei's!

Salimenes *(im Gehen)*. Hört, Myrrha!

Myrrha. Prinz?

Salimenes. Ihr zeigtet eine Seele heute Nacht,
Die, wäre er nicht meiner Schwester Mann –
Doch hab' ich keine Zeit. Du liebst den König?

Myrrha. Ich lieb' Sardanapal.

Salimenes. Doch möchtest du,
Dass er noch König blieb'?

Myrrha. Ich möchte ihn
Als wen'ger nicht, denn was er sollte sein.

Salimenes. Nun gut! Damit er König bleib' und dein
Und alles was er sollte oder nicht,
Damit er lebe – lass in Üppigkeit
Nicht wieder sinken ihn. Du hast mehr Macht
Auf seinen Geist als all die Weisheit hier
In dem Palast, und als die Rebellion,
Die draußen tobt. Sieh' zu, dass er zurück
Nicht sink'.

Myrrha. Es brauchte Salimenes nicht,
Hiezu mich anzutreiben. Glaubt, an mir
Fehlt's sicher nicht. Was Weibes schwache Kraft
Vermag –

Salimenes. Ist Allmacht über solch ein Herz.
Gebrauch' sie weise. *(Salimenes ab)*

Sardanapal. Myrrha! – Wie? Was flüsterst
Mit meinem ernsten Bruder du? Ich werd'
Bald eifersüchtig werden.

Myrrha *(lächelt)*. Ihr habt Grund,
Denn keinen Mann gibt's auf der Welt, der mehr
Der Liebe eines Weibes würdig wäre,
Des Heers Vertrauen und der Huldigung
Des Untertans, des Königs Achtung, der
Bewund'rung aller Welt.

Sardanapal. Berühm' ihn nur,
Doch nicht so warm. Ich will nicht hören, wie
Die süßen Lippen eifrig einen preisen,
Der mich in Schatten stellt. Doch sprichst du wahr.

Myrrha. Lass uns nun gehn, dass nach der Wund' ich sehe,
Stützt Euch auf mich.

Sardanapal. Ja, Lieb', doch nicht aus Schmerz. *(Alle ab)*

Vierter Akt

Erster Auftritt

Sardanapal schläft ohne Decke auf einem Ruhebett. Sein Schlaf ist unruhig. Myrrha wacht bei ihm.

Myrrha. Ich schlich zu seiner Ruhe her, wenn Ruhe,
Was so im Schlaf sich wälzt. – Soll ich ihn wecken?
Nein, ruh'ger scheint er jetzt. – Oh Gott der Ruhe,
Der du ob zugeschloss'nen Wimpern herrschest
Ob sanften Träumen oder tiefem Schlaf,
Tief bis zur Unergründlichkeit, – sei wie
Dein Bruder Tod so still, so regungslos,
Denn dann sind wir am glücklichsten; wie wir
Vielleicht am glücklichsten auch sind im Reich
Des ernsten, stillen, unweckbaren Bruders. –
Von Neuem regt er sich, von Neuem fährt
Das Spiel der Schmerzen über seine Züge, –
So wie ein Windstoß oft den See bewegt,
Der ruhig in der Berge Schatten liegt;
Wie Sturm des Herbstes Blatt zerzaust, das schwach
Und regungslos an den geliebten Zweig
Sich schmiegt. Ich sollte ihn erwecken, doch
Noch nicht! Wer weiß, aus was ich ihn erwecke?
Es scheint aus Schmerz; doch wenn zu schlimm'rem Schmerz
Ich ihn berief? – Das Fieber dieser Nacht,

Der stürmischen, der Schmerz um seine Wunde
Mag Schuld dran sein, dass mich's, die's ansieht, mehr
Als ihn, der's leiden muss, erschüttert. – Nein!
Natur mög' ihre eignen Mittel brauchen;
Ich wach' zu helfen ihr, nicht sie zu stören.

Sardanapal *(erwacht)*. Nein, nein! Und mehrtet ihr die Sterne dort
Und gäbt sie mir zum Königreich, das ich
Mit euch dann teilt'! Ich möcht' um solchen Preis
Selbst nicht das Reich der Ewigkeit erkaufen.
Hinweg, hinweg, du alter Bestienjäger,
Und ihr, die eure Mitgeschöpfe ihr
Wie Bestien gehetzt, ihr blutig einst
Als Menschen und noch blut'ger jetzt als Götter,
Falls nicht der Priester lügt! Du Geister-Ahne,
Von dunklem Blute triefend, tretend auf
Den Leichen Indiens, hinweg, hinweg! – –
Wo bin ich? Wo sind die Gespenster? Wo? –
Nein, es war kein Phantom! Ich würd's erkennen
Aus allem 'raus, was aus der schwarzen Kluft
Die Toten schaurig wehn empor zum Schreck
Der Lebenden. – He, Myrrha!

Myrrha. Ach, wie blass
Du bist! Wie Nachttau hängen auf der Stirn
Die Tropfen dir. Geliebtes Herz, sei still,
Gib Ruh'! Du redest wie aus andrer Welt
Und bist von dieser Herr. Sei guten Muts!
Und alles geht noch gut.

Sardanapal. Gib deine Hand!
So! – Das ist deine Hand! – Ist Fleisch! Drück' zu,
Drück' fester noch, damit ich wieder ganz
Mich fühl'!

Myrrha. Erkenn' mich wenigstens für das,
Was ich jetzt bin und ewig werde sein –
Für dein.

Sardanapal. Ja jetzt erkenn' ich's und erkenn'
Das Leben wieder, Myrrha – ach ich war,
Wo wir einst werden sein.

Myrrha. Oh Herr!

Sardanapal. Im Grab,
Wo Würmer sind die Herrn und Könige –
Doch's kam mir nicht so schrecklich vor, ich dacht',
'S sei nichts.

Myrrha. Das ist es auch! Furchtsame nur
Erdenken sich, was niemals wohl tritt ein.

Sardanapal. Oh Myrrha, wenn der Schlaf schon Solches zeigt,
Was mag enthüllen erst der Tod?

Myrrha. Ich weiß
Kein Übel, das der Tod uns zeigen könnte,
Was nicht das Leben denen schon gezeigt,
Die lange drin verweilt. Wenn je ein Land
Es gibt, wo noch die Seele lebt, so wird's
Wie Seelen körperlos wohl sein. Wenn aber
Ein Schatten dort von diesem läst'gen Ton,

Der unsre Seelen scheidet von dem Himmel
Und an die Erd' uns fesselt, schwebt, so wird
Doch dies Phantom, was ihm auch drohen mag,
Den Tod nicht fürchten mehr.

Sardanapal. Ich fürcht' ihn nicht;
Doch fühlte – sah ich 'ne Legion von Toten.

Myrrha. Das tat auch ich: Der Staub, auf dem wir treten,
War einst lebendig und war elend auch. –
Doch fahre fort! Was hast du dort gesehen?
Es wird dein trüb Gemüt erleichtern, sprich
Dich aus.

Sardanapal. Mir war –

Myrrha. Doch halt, du bist ermüdet,
Hast Schmerzen, bist erschöpft. Das muss die Kraft,
Den Geist dir schädigen. Such' lieber neu
Den Schlaf.

Sardanapal. Jetzt nicht! Ich möcht' nicht wieder träumen,
Obgleich ich jetzt als Traum erkennen muss,
Was ich geträumt. – Kannst du's zu hören tragen?

Myrrha. Ich trage alles, Lebens-, Todes-Träume,
Die ich mit dir in Schein, in Wahrheit teil'.

Sardanapal. Der Traum sah wahrhaft aus, das sag' ich dir
Als er vorbei, stand dieses Auge offen.
Ich sah die Wesen fliehn – denn sie entflohn.

Myrrha. So sprich!

Sardanapal. Ich sah, das heißt, mir träumt', ich sah
Hier – eben hier, wo wir jetzt sind, wie sonst
Der Gäste viel und mich als Wirt, der doch
Als Gast sich angesehn, und gern gewillt,
Den andern im geselligen Verkehr
Ganz gleich zu sein; doch rechts und links von mir
Statt dir und Zamis und den sonst'gen Gästen
Saß, und zwar links, ein stolzer, finstrer Mann
Mit Totenantlitz, das ich nicht erkannte,
Doch hatt' ich's schon gesehn, ich wusste nur
Nicht wo: Es waren Riesenzüge fast;
Sein Aug' stand still, doch blitzte es; sein Haar
Fiel auf die breite Brust in langen Locken;
Ein mächt'ger Köcher hing ihm um mit Pfeilen,
Beschwingt von Adlerfittichen, die borstig
Sich durch das Schlangenhaar gedrängt.
Ich lud ihn ein, den Becher sich zu füllen,
Der zwischen uns, er aber rührt' sich nicht.
Ich füllte ihn; er nahm ihn nicht, und starrt'
Mich an, bis ich vor seinem stieren Blick
Erzitterte. Ich runzelte die Stirn',
Wie es ein König tut; er gab es nicht
Zurück, sah mich nur immer gleich starr an,
Was umso mehr mich schreckte, weil so gleich
Es blieb. Ich wollte, um mich zu erholen,
Auf sanft're Gäste schaun und suchte diese
Rechts, wo sonst du zu sitzen pflegst, allein – – *(Er hält inne)*

Myrrha. Nun denn?

Sardanapal. In deinem Stuhl, an deinem Platz
Beim Mahl sucht' ich dein holdes Bild; dafür
Jedoch saß dort ein graues, welkes Ding
Mit blut'gem Aug' und blut'ger Hand - ein Geist,
Ja ein Gespenst in Frauentracht, gekrönt,
Zwar von der Zeit gefurcht, doch grinsend noch
Von Rachegier und schielend wie von Lust.
Mein Blut gerann.

Myrrha. Und ist dies alles?

Sardanapal. Nein.
Zu ihrer rechten Hand, der hageren
Und vogelart'gen Hand, stand überschäumend
Ein Becher Bluts und ihr zur Linken einer
Gefüllt mit etwas, was ich nicht konnt' sehn.
Doch wandt' ich ab von ihr mich und von ihm.
Und weiter saß entlang der langen Tafel
Noch eine Reih' gekrönter Schreckensbilder
Verschied'nen Anblicks, doch im Ausdruck gleich.

Myrrha. Und hattest du nicht das Gefühl, dass alles
Ein Traumbild sei?

Sardanapal. Oh nein! Es war so greifbar,
Berühren konnt' ich sie! Ich wendete
Mich von Gesicht nun zu Gesicht; ich hoffte,
Ich fände eines, das ich schon gekannt,
Eh' ich die ihren sah. Doch nein! - Sie wandten
Sich alle zwar zu mir und starrten her,
Doch keiner aß und trank; sie starrten fort,

Bis ich zu Stein ward, was auch sie halb schienen,
Doch Stein, der atmete; ich fühlte Leben
In ihnen und in mir; und es bestand
'Ne Art entsetzlicher Gemeinsamkeit
Bei mir und ihnen, als ob sie ein Stück
Vom Tod verloren, um zu mir zu kommen,
Und ich vom Leben, um sie hier zu schaun.
In einem Zustand waren wir, der ganz
Von Himmel oder Erde schien getrennt.
Und lieber will den rechten Tod ich sehn
Als solch ein Ding.

Myrrha. Und dann?

Sardanapal. Am Ende saß
Ich marmorn da wie sie. Da stand der Jäger,
Und stand die Alte auf: Sie lächelten
Mich an; ja das vergrößerte, doch edle
Gesicht des Jägers lächelte mich an;
Das heißt, die Lippen, denn das Aug' blieb starr
Und auch des Weibes dünner Mund verzog
Zu etwas wie zu einem Lächeln sich.
Sie standen auf, und die gekrönten Häupter
Auf jeder Seite standen gleichfalls auf,
Als ahmten sie die höhern Schatten nach,
Schauspieler selbst im Tod! Doch ich saß still.
Der Mut, den die Verzweiflung gibt, fuhr mir
Durch jedes Glied; und endlich fürchtete
Ich jene nicht mehr, sondern lachte den
Phantomen ins Gesicht. Doch da – da bot
Der Jäger seine Hand mir hin; ich griff

Darnach, doch sie zerschmolz in meiner Hand.
Dann schwand auch er, und nichts blieb mir von ihm
Als eines Helden Bild, denn also sah
Er aus.

Myrrha. Und war es auch. Der Ahnherr war's
Von Helden – und von dir.

Sardanapal. Ja, Myrrha! Doch
Das Weib, das erst noch blieb, sprang auf mich zu
Und sengte meinen Mund mit ekeln Küssen.
Da flogen rechts und links die Becher hin,
Mir war als flöß ihr gift'ger Trank um uns,
Bis jeder schwoll zu einem Schreckensbach.
Sie hing an mir; die andern Geister standen
Wie eine Reih' Statuen, stumpf und trüb
Wie sie in unsern Tempeln stehn; doch sie
Umarmte mich noch stets. Ich aber scheut'
Vor ihr, als ob ich nicht ein ferner Sprosse,
Vielmehr der Sohn wär', der um Blutschand' sie
Erschlug. Dann drängte dicht, gestaltlos sich
Ein Chaos wüster Dinge auf mich her.
Tot war ich, doch ich fühlte; war begraben,
Doch wieder auferweckt; von Würmern dann
Verzehrt, gereinigt durch des Feuers Glut
Und in der Luft gedörrt. Ich kann von dem,
Was ich gedacht, nichts weiter halten fest,
Als dass ich mich nach dir gesehnt, nach dir
Gesucht in diesen Todeskämpfen all,
Dass endlich ich erwachte und – dich fand.

Myrrha. So sollst du immer finden mich bei dir,
Hier und im Jenseits auch, wenn's eines gibt.
Doch denk' an diese Dinge jetzt nicht mehr,
Geschöpfe sind's der letzten Missgeschicke,
Die auf dein sterbliches Gerüst gewirkt,
Das ungewohnt der Mühe, überschüttet
Von Mühen ward, die auch den Stärksten werfen.
Sardanapal. Es ist mir besser nun. Jetzt da ich noch
Einmal dich sah', scheint, was ich sah, mir nichts.

Salimenes tritt auf.

Salimenes. Ist Seine Majestät schon wach?

Sardanapal. Ja, Bruder!
Ich wollt' sogar, ich hätte nicht geschlafen,
Denn alle Ahnen unsres Hauses kamen
Und wollten mich zu ihnen niederziehn.
Mein Vater auch war in der Geister Schar;
Er aber hielt sich fern von mir. – Warum?
Das weiß ich nicht, – und ließ mich zwischen. Ihm,
Dem Jäger-Stifter unseres Geschlechts
Und Ihr, der Volks- und Gattenmörderin,
Die ihr doch ruhmvoll nennt.

Salimenes. So nenn' ich jetzt
Auch dich, seit einen Geist du hast gezeigt,
Der ihrem gleicht. Den Vorschlag mach' ich jetzt,
Dass wir mit Tagesanbruch rücken aus
Und noch einmal an die Rebellen gehn,
Die sich jetzt sammeln, und vertrieben zwar,
Doch nicht vernichtet sind.

Sardanapal. Wie weit ist's in
Der Nacht?

Salimenes. Sie zählt noch ein paar dunkle Stunden,
Benutze sie zu weit'rer Ruh'.

Sardanapal. Nein, heut'
Nacht nicht, wenn die noch nicht vorbei. Mir war,
Als hätt' mit jenem Traumgesicht ich viel
Der Stunden hingebracht.

Myrrha. Kaum eine war's.
Ich wachte ja bei Euch; 's war eine schwere,
Doch eine Stunde nur.

Sardanapal. So halten wir
Denn Rat, und morgen greifen wir sie an!

Salimenes. Ich habe vorher dich um eine Gnad'
Zu bitten noch.

Sardanapal. Sie ist gewährt.

Salimenes. Erst hör',
Eh' du so rasch gewährst. Die Bitte geht
Dein Ohr nur an.

Myrrha. Prinz, ich empfehle mich. *(Myrrha ab)*

Salimenes. Der Freiheit wahrlich ist die Sklavin wert.

Sardanapal. Der Freiheit nur? Sie ist des Thrones wert.

Salimenes. Gemach, er ist noch nicht vakant. Von der,
Die ihn mit dir noch teilt, möcht' ich jetzt reden.

Sardanapal. Was? Von der Königin?

Salimenes. Von eben der!
Ich hielt für ihre Sicherheit es gut,
Dass sie vor Tag noch mit den Kindern flieht
Nach Paphlagomen, wo Cotta herrscht,
Der uns verwandt, und dort für alle Fälle
Das Leben meiner Neffen, deiner Söhne
Und damit den gerechten Anspruch auch
An diese Krone sicher stellt.

Sardanapal. Ich geh'
Zu Grund, wahrscheinlich ist's. Drum heiß' ich's wohl-
Bedacht. Sie sollen mit Bedeckung gehn,

Salimenes. Dafür ist schon gesorgt, und auch das Boot
Bereit, das sie den Euphrat abwärts führt.
Doch willst du nicht noch, eh' sie scheiden, dein –

Sardanapal. Die Kinder sehn, meinst du? – Es könnte mich
Entmutigen; die Knaben werden weinen.
Was kann dann ich zu ihrem Tröste geben?
Nur eitle Hoffnung, ein erzwungnes Lächeln.
Du weißt, ich kann nicht heucheln.

Salimenes. Aber fühlen,
Ich glaub' es wenigstens: mit einem Wort,
Die Königin möcht' dich noch sehn, eh' sie
Für immer geht.

Sardanapal. Wozu? Zu welchem Zweck?
Ich will gewähren, was sie will, nur solch
Begegnen nicht.

Salimenes. Du kennst die Frau'n zu wohl,
Da du so eifrig sie studiert, um nicht
Zu wissen, dass ein Wunsch, der mit dem Herzen
Zusammenhängt, mehr Wert für ihr Gefühl,
Für ihre Phantasie besitzt, als selbst
Die ganze äußre Welt. Ich denke ganz
Wie du von meiner Schwester Wunsch, allein
Es ist ihr Wunsch einmal, 's ist meine Schwester,
Du ihr Gemahl – willst du den Wunsch gewähren?

Sardanapal. Es ist umsonst! Doch lass sie immer
kommen.

Salimenes. Ich geh'. *(Salimenes ab)*

Sardanapal. Wir haben allzulang getrennt
Gelebt, um wieder uns zu sehn, und jetzt!
Hab' ich nicht Sorgen, Leids genug allein?
Warum denn mischen unsres Kummers Tränen,
Da längst wir nicht mehr unsre Liebe mischen?

Salimenes und Zarima treten ein.

Salimenes. Mut, meine Schwester! Mache unsrem Blut
Durch Zittern keine Schand'! Erinn're dich,
Wem wir entsprossen sind. – Die Königin,
Mein Fürst, ist da.

Zarina. Ich bitte dich, mein Bruder,
Lass uns allein

Salimenes. Wenn du es durchaus willst. *(Salimenes ab)*

Zarina. Allein mit ihm! Wie viele Jahre sind's,
So jung wir sind, dass wir uns nicht gesehn.
Ich trug sie in des Herzens Wittwenschaft.
Er hat mich nicht geliebt; doch scheint er nicht
Verändert sehr - nur gegen mich - wär' die
Veränd'rung gegenseitig doch! Er spricht
Nicht, sieht mich kaum - auch nicht ein Wort - kein
Blick!
Und seine Stimme war, sein Blick so sanft,
Gleichgültig, doch nicht streng. - Mein Fürst!

Sardanapal. Zarina!

Zarina. Nein, nicht Zarina, sag' Zarina nicht!
Der Ton, dies Wort vernichtet lange Jahre
Und Dinge, die sie länger machen noch!

Sardanapal. Es ist zu spät, der Träume zu gedenken.
Die längst dahin. Vorwürfe wollen wir -
Das heißt: Mach du mir keinen Vorwurf jetzt,
Dies letzte Mal.

Zarina. Der erste wär's! Ich tat
Es nie.

Sardanapal. Das ist sehr wahr und dieser Vorwurf
Drückt eben schwerer auf mein Herz, als wenn -
Doch unser Herz steht nicht in unsrer Macht.

Zarina. Noch unsre Hand - ich aber gab sie beide.

Sardanapal. Dein Bruder sagte mir, du wollst' mich
sehn,
Eh' Ninive du lässt mit - *(zögert)*

Zarina. Unsern Kindern.
So ist's. Ich wollte danken dir, dass du
Mein Herz nicht schiedst von allem, was es jetzt
Noch liebt, von denen, die ja dein und mein,
Die gleichen dir und auf mich sehn, wie du's
Einst tatst – sie blieben gleich.

Sardanapal. Und werden's stets.
Ich wünschte, dass sie pflichtgetreu verblieben.

Zarina. Ich lieb' sie nicht nur mit der Zärtlichkeit
Verliebter Mutter, nein, verliebten Weibs.
Sie sind die einz'gen Bande zwischen uns.

Sardanapal. Glaub' nicht, ich sei dir hierin nicht gerecht,
Erziehe sie, dass mehr sie deinem Haus
Als ihrem Vater gleichen. Ich vertrau'
Sie dir, mach' eines Throns sie würdig, würd'
Er ihnen auch einst nicht zu Teil: – Du hast
Von dem Tumulte dieser Nacht gehört?

Zarina. Halb schon vergaß ich es, und hätt' selbst froh
Den Gram begrüßt, der mich dein Angesicht
Von Neuem sehen ließ, wenn er nur dich
Nicht traf.

Sardanapal. Der Thron – ich sag' es ohne Furcht –
Er wankt. Vielleicht besteigen meine Söhne
Ihn nie. Doch mögen sie deshalb ihn nicht
Aus dem Gesicht verlieren. Setzen werd'
Ich alles dran, ihn ihnen zu versichern.
Doch wenn es nicht gelingt, dann müssen sie

Durch Tapferkeit ihn wieder neu gewinnen,
Und ist er ihrer, weise ihn erhalten,
Ihr Königtum nicht wie ich tat, verbrauchen.

Zarina. Sie werden nie etwas von mir vernehmen,
Was ehrend nicht für ihres Vaters Ruf.

Sardanapal. Sie mögen dann von dir die Wahrheit eher
Als von der Welt, die mich zertritt, vernehmen.
Wenn sie im Unglück sind, so werden sie
Den Hohn nur zu bald schmecken, den der Pöbel
Für kronenlose Prinzen hat, und fühlen,
Dass ihres Vaters Sünden alle auch
Die ihren sind. Die armen Jungen! Wär'
Ich kinderlos, ich hätte es ertragen.

Zarina. Oh sprich nicht so, vergifte mir nicht noch
Mein letztes Glück, und wünsche nicht, dass du
Nicht Vater wärst! Wenn Sieger du verbleibst,
So werden sie hier herrschen und den ehren,
Der für sie rettete das Reich, um das
Er seinethalb so wenig Sorge trug,
Und wenn's –

Sardanapal. Verloren geht, wird alle Welt
Laut ihnen schrei'n: »Das dankt ihr eurem Vater!«
Und sie das Echo machen mit 'nem Fluch.

Zarina. Das sollen nimmermehr sie tun, vielmehr
Den Namen dessen ehren, der als König
Doch starb und in der letzten Stunde mehr
Für sein Gedächtnis tat, als mancher Fürst

In langen Tagen, die die Flucht der Zeit
Bedeuten zwar, doch nicht Geschichte sind.

Sardanapal. Assurs Geschichte geht vielleicht zu Ende,
Doch wie auch hinschwand die Vergangenheit,
Das Ende soll wie einst der Anfang sein
– Bemerkenswert!

Zarina. Doch sei zu hitzig nicht,
Gib auf dein Leben Acht, und leb' für die,
Die lieben dich.

Sardanapal. Und wer sind die? 'Ne Magd,
Die liebt aus Leidenschaft, ich will nicht sagen
Aus Ehrgeiz; Throne sah sie wanken schon
Und Liebesbünd'; – und ein paar Freunde, die
Mit mir gezecht, bis wir ganz eins geworden,
Die nichts sind, wenn ich fall'; ein Bruder, den
Ich oft gekränkt und Kinder, die ich schwer
Versäumt, und dann ein Weib –

Zarina. Das dich nur liebt.

Sardanapal. Und auch verzeiht?

Zarina. Ich dachte daran nie,
Und kann verzeihen erst, wenn ich verdammt.

Sardanapal. Mein Weib!

Zarina. Gesegnet seist du für das Wort!
Ich dacht' es nimmermehr von dir zu hören.

Salimenes. Und mit den, Kindern.

Zarina. Ach!

Salimenes. Hör, Schwester!
Sei meine Schwester! Alles ist bereit,
Um sicher dich in Sicherheit zu bringen,
Dich und die Knaben, unsre letzte Hoffnung!
Es ist dies keine Frage des Gefühls,
So groß es sei, 's ist eine Forderung
Des Staats. Es werden die Rebellen sonst
Noch mehr sich rühren, um der Söhne sich
Des Königs zu bemächtigen und sie –

Zarina. Oh sprich nicht weiter!

Salimenes. Gut! So merke dir:
Wenn sie entrückt des Meders Krallen sind,
So hat die Rebellion ihr Hauptziel ja
Verfehlt: die Ausrottung, von Nimrods Stamm.
Fällt auch der König, leben seine Söhne
Der Rache und dem Sieg.

Zarina. Doch könnte ich
Allein nicht bleiben?

Salimenes. Wie? Die Kinder willst
Du lassen, dass, trotz Vater lebt und Mutter,
Sie Waisen sei'n in einem fremden Land,
So jung, so fern von dir –?

Zarina. Ach nein! Mir bräch'
Das Herz!

Salimenes. Jetzt weißt du alles, jetzt entscheid'!

Sardanapal. Zarina, er hat recht. Wir müssen der
Notwendigkeit uns fügen. Bleibst du hier,
Magst leichtlich alles du verlieren. Ziehst
Du fort, so rettest du den bessern Teil
Von dir und mir, für all die treuen Herzen,
Die noch in diesen Reichen für uns schlagen.

Salimenes. Es drängt die Zeit.

Sardanapal. So geh'! Wenn jemals wir
Uns wiedersehn, bin dein ich würdiger
Vielleicht; wo aber nicht, so denke dran,
Dass meine Fehler, wenn auch nicht gebüßt,
So doch zu Ende sind. Doch fürchte ich,
Du wirst dich über den verfehmten Namen,
Die Asche, die Assyrien einst regiert,
Mehr grämen als – – doch weibisch werd' ich wieder
Und darf es nicht! Ich muss jetzt Härte lernen.
Zur sanften Klasse zählen meine Sünden.
Birg deine Tränen! Ich ersuch' dich nicht,
Sie nicht zu weinen. Leichter wär' es wohl
An seinem Quell den Euphrat zu verstopfen
Als eine Träne solchen Herzens hemmen.
Doch lass mich sie nicht sehn! Sie nehmen mir
Die Mannheit, die ich wieder kaum gewonnen. –
Mein Bruder, führe sie hinweg.

Zarina. Oh Gott!
Ich soll ihn niemals wieder sehn!

Salimenes *(bemüht sich, sie wegzuführen)*. Du musst
Gehorchen, Schwester! Komm'!

Zarina. Nein, bleiben muss
Ich – weg! Du sollst nicht halten mich! Soll er
Allein denn sterben? – Leben ich allein?

Salimenes. Er soll allein nicht sterben; aber du
Hast Jahre lang allein gelebt.

Zarina. Das ist
Nicht wahr! Ich wusste, dass er lebte, doch!
Und lebte so von seinem Bild – lass gehn!

Salimenes *(führt sie mit Gewalt über die Bühne)*. Nun
denn, so muss
ich etwas brüderlich
Gewalt dir tun, die du verzeihen wirst.

Zarina. Nie, nie! Oh hilf, Sardanapal! Willst du
Mich also von dir weggerissen sehn?

Salimenes. Nein! Alles ist von Neuem uns verloren,
Wenn diesen Augenblick wir nicht gewinnen.

Zarina. Mir schwindelt, 's schwimmt mir vor den Augen – Wo
Ist – er? *(fällt in Ohnmacht.)*

Sardanapal. Halt! Setz' sie nieder! Sie ist tot,
Du hast sie umgebracht.

Salimenes. 'S ist nur die Ohnmacht
Der Leidenschaft, die überschafft sich hat.
Es wird ihr besser werden in der Luft.

Ich bitte, bleibe fern! *(beiseite)* Ich muss mich des
Moments bemächtigen, um sie dahin,
Wo ihre Kinder schon sich eingeschifft
Zum Strom hinab ins Königsboot zu bringen.
(Salimenes trägt sie fort)

Sardanapal *(allein)*. Auch dies – auch dies muss ich
geschehen lassen!
Ich, der ich einem Menschenherzen nie
Absichtlich Schmerz gemacht! – Doch dies ist Lüge!
Sie liebte mich, und ich – ich liebte sie!
Unsel'ge Leidenschaft! Warum vergehst
Du in den Herzen nicht zugleich, die du
Zugleich entflammt? – Zarina! Teuer muss
Ich für den Gram, den ich dir machte, zahlen.
Hätt' ich nur dich geliebt, so wäre ich
Auf meinem Throne nicht behelligt worden,
Und meine Völker hätten mich geehrt.
Zu welchem Abgrund führt ein einz'ger Schritt
Ab von dem rechten Weg der Pflicht selbst die,
Die Huldigungen fordern wie 'ne Schuld
Und sie erhalten, bis sie sie verwirken.

Myrrha tritt auf.

Sardanapal. Du hier? Wer rief dich her?

Myrrha. Niemand, doch aus
Der Fern' vernahm ich eine Klagestimme
Und dacht' –

Sardanapal. Zu deinen Pflichten zählt es nicht,
Hier zu erscheinen unersucht.

Myrrha. Obgleich
Ich Euch vielleicht an ein'ge sanft're Worte,
Die zwar mich auch gezankt, erinnern könnt',
Wo Ihr mich schaltet, dass ich immer fürchte,
Aufdringlich Euch zu sein, – so widersteh'
Ich meinem Wunsch und Eurer Weisung selbst:
»Zu jeder Zeit und selbst vor jedermann
Zu Euch zu kommen, wenn auch nicht gerufen.«
Und ziehe mich zurück.

Sardanapal. Nein bleib' – da du
Jetzt einmal da! – Ich bitte dich, verzeih'!
Umstände haben bitter, grämlich mich
Gemacht. Acht' nicht darauf, ich werde bald
Ich selbst ganz wieder sein.

Myrrha. Ich warte in
Geduld auf das, was gern ich sehen werd'.

Sardanapal. Kaum eh' in diese Halle du getreten,
Ging erst Assyriens Königin Zarina
Weg.

Myrrha. Ah!

Sardanapal. Weshalb erschrickst du?

Myrrha. Tat ich das?

Sardanapal. Gut war's, dass durch ein anderes Portal
Herein du kamst, sonst hätt'st du sie begegnet.
Der Kummer blieb ihr wenigstens erspart.

Myrrha. Ich kann wohl mit ihr fühlen.

Sardanapal. Nein, das wär'
Zu viel, und über die Natur hinaus!
Nicht gegenseitig und nicht möglich wär's:
Du kannst nicht Mitleid mit ihr fühlen, sie
Nichts als –

Myrrha. Verachtung für die Lieblingssklavin!
Dasselbe, was ich stets für mich gefühlt.

Sardanapal. Verachtung? Wie? Da dein Geschlecht dich neidet
Und du's beherrschest mit des Weltherrn Herzen?

Myrrha. Und wärst du Herr von zwanzigtausend Welten,
Wie du die eine, die einst dein, wohl bald
Verlierst, so hab' ich dennoch ebenso
Mich selbst entehrt, da ich dein Liebchen ward,
Wie wenn du Bauer wärst, ja mehr als das,
Wenn Grieche dieser Bauer wär'.

Sardanapal. Du sprichst
Geschickt.

Myrrha. Und wahr.

Sardanapal. Wenn es mit einem Mann
Zur Neige geht, wird gegen den Gebeugten
Ein jeder kühn; doch da ich noch nicht ganz
Gefallen bin und nicht gern Vorwurf hör',
Vielleicht weil ich nur zu oft ihn verdient,
So lass, so lang' noch Frieden zwischen uns.
Uns scheiden.

Myrrha. Scheiden?

Sardanapal. Sind die frühern Menschen
Nicht all geschieden, werden eines Tags
Nicht alle Gegenwärt'gen scheiden?

Myrrha. Und
Weshalb?

Sardanapal. Zu deiner Sicherheit, für die
Ich sorgen will. Mit starker Schutzmannschaft
Sollst du nach deinem Vaterlande ziehn
Und solche Gaben mit dir nehmen, dass,
Wenn eine Königin du auch nicht warst,
Doch deine Mitgift wert sei eines Reichs.

Myrrha. Ich bitt' dich, sprich nicht so!

Sardanapal. Die Königin
Ist fort. Du brauchst dich nicht zu schämen, wenn
Du folgst. Allein möcht' ich vergehn. Ich suche
Genossen nur zu meiner Lust.

Myrrha. Und ich
Nur darin Lust, dass ich von dir nicht scheide.
Du sollst nicht mit Gewalt mich von dir reißen.

Sardanapal. Bedenk' es wohl! Bald ist's vielleicht zu
spät.

Myrrha. Mag es so sein, dann kannst du Myrrha doch
Von dir nicht trennen mehr.

Sardanapal. Ich will's auch nicht,
Ich dachte nur, du wünschtest es.

Myrrha. Was? Ich?

Sardanapal. Du sprachst von deiner Schmach.

Myrrha. Und tief empfind'
Ich sie, weit tiefer als jed' andres Ding,
Nur nicht als meine Lieb'.

Sardanapal. So flieh' davor.

Myrrha. Das hob' doch die Vergangenheit nicht auf.
Es stellt die Ehre mir nicht her, das Herz.
Nein, nein! Hier will ich stehen oder fallen.
Siegst du, so leb' ich, um an dem Triumph
Mich zu erfreun; fällt aber anders dein
Geschick, so werd' ich's teilen, ohne drob
In Tränen aufzugehn. Du hast an mir
Vor wenig Stunden nicht gezweifelt noch.

Sardanapal. An deinem Mute nie, an deiner Lieb'
Nur eben erst, und niemand hätte mir
Den Zweifel dran erweckt, als nur du selbst.
Dein Wort –

Myrrha. War nur ein Wort. Ich bitte dich,
Lass für mich zeugen mein vergangen Tun,
Das du noch heute Nacht gerühmt, und dann
Mein künftig Tun, wo immer hin dich das
Geschick mag wehn.

Sardanapal. Es soll so sein. Doch im
Vertrauen auf mein Recht, hoff' ich, wir können
Noch Sieger sein und wiederschaun den Frieden,
Den einz'gen Sieg, den ich erstreb'. Für mich

Ist Krieg kein Ruhm, Triumph kein Glück. Dass ich
Genötigt war, mein Recht so zu erkämpfen,
Liegt schwerer auf dem Herzen mir, als all
Das Unrecht tut, womit man mich will beugen.
Nie, nie vergess' ich diese Nacht, wenn ich
Auch weiter leb', um der Erinn'rung
Von andern Nächten diese anzufügen.
Ich glaubte, durch mein mildes Regiment
Hier eine Ära süßen Friedens, mitten
In blut'gen Zeiten angelegt zu haben,
'Nen grünen Fleck in hundert wüsten Jahren,
Auf den die Zukunft freudig sollte schaun,
Die goldne Zeit Sardanapals lobpreisend
Und sie beseufzend, weil sie nicht mehr da.
Ich glaubt' aus meinem Reich ein Paradies
Gemacht zu haben, jeden neuen Mond
Zu einer Quelle neuer Lust. Ich nahm
Den Pöbelruf für Lieb', das Wort der Freunde
Für bare Münze, sucht' auf Weibes Lippen
Den einz'gen Lohn – und fand ihn auch, oh Myrrha!
(Küsst sie.)
Küss' mich! – Jetzt nehmen sie mir Reich und Leben,
Sie sollen beides haben – niemals dich.

Myrrha. Nein, nie! Der Mensch mag seinem Nebenmenschen,
Was groß nur ist und glänzend, alles rauben,
Es mögen Reiche stürzen, Heere weichen,
Abfallen Freunde, Sklaven fliehn, und alle
Verraten uns, und die am meisten schulden,

Am meisten auch – ein Herz, das selbstlos liebt,
Bleibt treu. Hier ist ein solches, prüf' es nun!

Salimenes. Ich suchte Euch! – Sie wieder hier?

Sardanapal. Lass jetzt
Das Schelten sein. Mir scheint, dein Anblick spricht
Von Höh'rem mir, als einem Weiberrock.,

Salimenes. Das einz'ge Weib, an dem in dieser Stunde
Mir etwas liegt, ist jetzt in Sicherheit:
Die Königin ist eingeschifft.

Sardanapal. Und gut?
Sag' nur noch das!

Salimenes. Gewiss! Der Schwächeanfall
Ist nun vorbei; er hat sich wenigstens
In tränenloses Schweigen aufgelöst.
Ihr blass Gesicht, ihr blitzend Auge war
Nach einem Blick auf ihrer Kinder Schlaf
Nach des Palastes Türmen starr gerichtet,
Als die Galeere unter'm Sternenlicht
Geschwind und leis im schnellen Strome flog.'
Doch sprach sie nichts.

Sardanapal. Ich wollt', ich fühlte auch
Nicht mehr jetzt, als sie sprach.

Salimenes. Zum Fühlen ist's
Zu spät, das kann kein einzig Weh' zerstreun;
Doch die Gefühle etwas abzuleiten,
Bring' ich die sich're Kunde, dass die Meder
Und die Chaldäer unter ihren Führern

Von Neuem unter Waffen stehn und sich
Die Glieder schließend, neu zum Sturme rüsten.
Sie haben Beistand offenbar erhalten
Aus andern Satrapie'n.

Sardanapal. Noch mehr Rebellen?
So kommen ihrem Angriff wir zuvor!

Salimenes. Das wäre jetzt wohl nicht mehr vorteilhaft,
Obschon es unsre erste Absicht war.
Wenn morgen bis zur Mittagsstunde wir
Durch die, nach denen sich're Boten ich
Gesandt, verstärkt erst sind, dann können wir
Den Angriff, ja selbst die Verfolgung wagen,
Bis dahin aber stimme ich für's Warten.

Sardanapal. Ich mag das Warten nicht. Wenn's sich'rer auch
Erscheint, zu kämpfen hinter hohem Wall,
Den Feind zu stürzen in die tiefen Gräben,
Ihn an den Spießen zappeln sehn, die man
Ihn zu empfangen, vorgestreckt, so lieb'
Ich doch es nicht. Die Seele wird kaum lau.
Doch wenn ich frei auf sie mich stürz', und wären
Zu Bergen sie getürmt, dann wollte ich
Sie keck zerreißen oder untergehn
Im heißen Blut. Oh lass mich los auf sie!

Salimenes. Du sprichst wie ein Soldat, der Neuling noch.

Sardanapal. Ich bin Soldat nicht, nein, ein Mann! Sprich mir

Von Soldateska nicht, ich hass' das Wort
Und alle, die vor uns sich damit spreizen;
Doch führ' mich hin, wo ich sie fassen kann.

Salimenes. Du darfst dein Leben nicht so hitzig wagen,
'S ist nicht wie meins, wie andrer Leute Hauch.
Der ganze Kampf dreht sich ja darum nur.
Dies Leben nur hat ihn erzeugt, entflammt,
Und kann ersticken ihn, verlängern, enden.

Sardanapal. So lass uns Kampf und Leben enden! Besser
Ist's so vielleicht, als eins davon verlängern.
Ich habe eins – vielleicht auch beide satt.

Eine Trompete ertönt von außen.

Salimenes. Hörst du?

Sardanapal. Lass uns erwidern und nicht horchen.

Salimenes. Und deine Wund' –?

Sardanapal. Sie ist verbunden längst, –
Geheilt – ich hatte sie vergessen! – Fort!
Des Arzts Lanzette hätte tiefer mich
Geritzt. Der Sklave, der sie mir geschlagen,
Sollt' schämen sich, dass er so schwächlich schlug.

Salimenes. Mög' keiner jetzt mit bess'rem Ziele treffen!

Sardanapal. Ja, wenn wir siegen; doch wenn nicht, so lassen

Sie eine Arbeit mir, die ihrem König
Ersparen sie gekonnt. Nun drauf! *(Neuer Trompetenstoß)*

Salimenes. Ich bin
Dabei!

Sardanapal. He meine Waffen her! Die Waffen! *(Beide ab)*

Fünfter Akt

Erster Auftritt

Die gleiche Halle im Palast.
Myrrha und Balea.

Myrrha *(am Fenster).* Der Tag bricht endlich an. Oh welche Nacht
Ging ihm voraus! Wie schön war sie am Himmel,
Obwohl ein Sturm sie unterbrach, der sie
Durch diesen Wechsel schöner nur gemacht;
Wie schrecklich auf der Erd', wo Friede, Hoffen
Und Lieb' und Lustbarkeit in einer Stunde
Von Menschenleidenschaft zertreten ward
Zu einem Menschenbrei, wo sich noch nicht
Ein Element vom andern hat getrennt,
Noch stets im Kampf! Und mag die Sonne heut'
So hell sich heben, und zu Dunst zerstreun
Die Wolken, der noch lieblicher als selbst
Der wolkenlose Plan mit goldnen Zinnen,
Schneebergen, Wellen, purpurner als selbst
Des Ozeans, den Himmel wandelnd in
Ein hold phantastisch Erdenbild,
So deutlich, dass wir's fast für wirklich halten
Und so verschwimmend doch, dass wir es kaum
Für mehr als nur ein Traumbild nehmen können,
So flüchtig ist's am Himmel hingestreut!

Und dennoch hakt es in die Seele sich
Und sänftigt sie und mischt sich so mit ihr,
Dass Sonnenaufgang, Sonnenniedergang
Der Liebe Stunde trägt und die des Grams,
Wer sie nicht kennt, kennt auch die Reiche nicht,
Wo jene Zwillingsgenien – die uns
Veredeln stets und säubern unsre Herzen,
Sodass wir ihren sanften Tadel nicht
Für alle lauten Freuden geben möchten,
Die je die Luft mit ihrem Lärm erfüllt –
Die Schlösser baun, wo ihre Gläub'gen ruhn
Und atmen, wenn auch kurz; doch atmen sie
In dieser kurzen süßen Ruh' genug
Vom Himmel ein, um ihnen Kraft zu geben,
Dass sie die übrigen, gemeinen Stunden
Mit ihren Lasten tragen und durchträumen
In stillem Duldersinn; wenn scheinbar auch
Wie alle andern mühbelad'nen Wesen
Beschäftigt mit dem zugewies'nen Teil
Von Freud' und Leid, zwei Namen für ein Fühlen,
Das unser inn'rer, ruheloser Kampf
Bald so bald anders nennt, obschon sein Sinn
Uns auch beim eifrigsten Bemühn um Glück ,
Entgeht.

Balea. Wie ruhig gebt Ihr Euch doch den
Gedanken hin! Mögt Ihr den Sonnenaufgang,
Der unser letzter sein kann, so betrachten?

Myrrha. Deshalb betracht' ich eben ihn und werf'
Dem Aug', das nicht mehr ihn wird sehen, vor,

Dass es zu oft, zu oft ihn sah, und dem'
Dabei die schuld'ge Ehr' und Lust nicht gab,
Der diese weite Erde davor schützt,
Dass sie so schwach nicht wird, wie ich es bin
In dieser Form. – Komm, schau hinan zu dem
Chaldäer-Gott! Wenn ich ihn so beschau',
Bekehr' ich beinah mich zu eurem Baal.

Balea. Wie er den Himmel jetzt beherrscht, so hat
Die Erde einmal er beherrscht.

Myrrha. Und jetzt
Beherrscht er sie weit mehr. Nie hatte noch
Ein Erdenkönig halb die Macht und Hoheit,
Die sich in einem Sonnenstrahle birgt.

Balea. Er ist wahrhaft ein Gott.

Myrrha. Dafür hält auch
Der Grieche ihn, doch manchmal meine ich,
Die mächt'ge Kugel müsse eher wohl
Der Aufenthalt von Göttern sein als selbst
Von den unsterblichen Beherrschern einer.
Jetzt bricht er durch die Wolken und erfüllt-
Mein Aug' mit Licht, dass ganz die Welt verschwimmt.
Ich seh' nichts mehr.

Balea. Horch! – habt Ihr nichts gehört?

Myrrha. Nein! Ihr habt's nur gemeint: Sie fechten ja
Jetzt außerhalb des Walls, und nicht wie in
Der letzten Nacht in den Gemächern selbst.

Zur Festung ward seit jener tück'schen Stunde
Das Königshaus; und hier im Mittelpunkt,
Der eingefasst von großen Höfen liegt,
Von pyramidenhaften Königshallen,
Die eine nach der andern man zuerst
Erobern muss, eh' man bis dahin dringt,
Wohin durch Überfall sie damals kamen, –
Sind wir selbst vor dem Laute der Gefahr
So abgesperrt wie – vor dem Ruhm.

Balea. Doch sind
Sie schon einmal so weit gelangt.

Myrrha. Ja! doch
Durch Überraschung nur, und wurden rasch
Durch Tapferkeit hinausgeworfen. Jetzt
Beschützen Mut uns hier und Wachsamkeit.

Balea. Möcht's ihnen doch gelingen!

Myrrha. Also beten
Jetzt viele wohl, doch mehr noch fürchten es.
'S ist eine angstbewegte Stund'! Ich strebe
Sie fern von den Gedanken mir zu halten,
Doch ach, umsonst.

Balea. Es heißt, des Königs Haltung
Im gestriges Gefecht hab' die Rebellen
Kaum mehr erschreckt, als seine Treuen selbst
Erstaunt.

Myrrha. Das niedre Volk, das eine Horde
Von Sklaven bildet, lässt sich leicht erschrecken,

Leicht in Erstaunen setzen. Aber brav
Hat er's gemacht.

Balea. Nicht wahr, er schlug Belesis?
So hörte ich von den Soldaten sagen.

Myrrha. Der Schändliche ward nieder zwar geworfen,
Doch wieder losgemacht, um nun vielleicht
Ob seinem Sieger noch zu triumphieren,
Der ihn bei seinem Fall verschont, und so
Durch dieses Mitleids Unbedachtsamkeit
Die Krone setzt aufs Spiel.

Balea. Horch!

Myrrha. Ihr habt Recht,
Es nah'n sich Schritte, aber langsam, schwer.

Soldaten tragen Salimenes herein, der einen Wurfspieß in der Seite stecken hat. Sie setzen ihn auf eines der Ruhebetten, mit denen das Gemach ausgestattet ist.

Myrrha. Oh Zeus!

Balea. Nun ist's vorbei!

Salimenes. Nein, sag' ich, nein!
Haut mir den Schuft zusammen, der das sprach,
Wenn ein Soldat er ist.

Myrrha. Schont sein! Das ist
Er nicht; 's ist nur ein Schmetterling des Hofs,
Der mit im Pompe eines Königs flattert.

Salimenes. So lasst ihn leben denn!

Myrrha. Wie's du auch wirst,
Ich hoff's!

Salimenes. Gern lebt' ich diese Stunde, aus
Und diesen Kampf. Doch ich bezweifle es.
Weshalb trugt ihr mich her?

Soldat. Weil's der Monarch
Befahl. Als Euch der Wurfspieß traf und ihr
In Ohnmacht sankt, befahl ausdrücklich er,
Dass man hierher Euch trag'.

Salimenes. Das war nicht schlecht
Gemacht; denn da ich starr, betäubt, wie tot
Da lag, so konnte dieser Anblick die
Soldaten mutlos machen – doch – es ist
Umsonst! – Ich fühle, wie mein Leben ebbt.

Myrrha. Lass mich die Wunde sehn, ich bin im Heilen
Nicht ungeschickt. In meinem Vaterland
Belehrt man drin die Frau'n. Da dort der Krieg
Beständig ist, sind wir an solche Schau
Gewöhnt.

Soldat. Am besten wär's, man zög' den Spieß
Heraus.

Myrrha. Nein, nein, das darf nicht sein!

Salimenes. So ist's
Mit mir vorbei?

Myrrha. Ich fürchte sehr, dass mit
Dem Blut, das dann der Waffe eilends folgt,
Dein Leben flieht.

Salimenes. Ich fürcht' das nicht. Wo war
Der König, als ihr von dem Fleck, wo ich
Getroffen ward, hinweg mich trugt?

Soldat. An Ort
Und Stelle, und ermutigte mit Stimme
Und Tat die banggewordnen Truppen, die
Euch fallen sahn und nun nach rückwärts wankten.

Salimenes. Habt ihr gehört, wem der Befehl zunächst
Nun übertragen ward?

Soldat. Ich hörte nichts.

Salimenes. So eile hin, und melde ihm, es sei
Mein letzter Rat, dass Zamis meinen Posten
So lang' bekleide, bis die noch gehoffte,
Wenn gleich verzögerte Verbindung mit
Susa's Satrapen, Ofratanes, sei
Geschehn. Jetzt lasst mich hier; denn unsre Schar
Ist nicht so groß, dass ihr dort fehlen dürftet.

Soldat. Doch, Prinz –

Salimenes. Fort, sag' ich! Dieser Höfling da
Und dieses Weib sind für ein Krankenzimmer
Gerade recht. Da ihr mich auf dem Feld
Nicht sterben ließet, will ich, wenigstens
Hier keine müssigen Soldaten um

Mich sehn. – Fort, fort! Tut, wie ich euch befahl! *(Die Soldaten ab)*

Myrrha. Du tapf'rer hoher Geist! Muss denn so bald
Die Erde dich entbehren?

Salimenes. Edle Myrrha!
Ein solches Ende hätt' ich mir erwählt,
Wenn ich den König und das Reich damit
Erretten konnt'. So wie es ist, hab' ich
Sie wenigstens nicht überlebt.

Myrrha. Ach du
Wirst blässer!

Salimenes. Deine Hand! Der Speer im Leib
Verlängert meinen Schmerz nur, ohne mir
Die Kraft zu lassen, noch etwas zu tun.
Ich riss ihn aus und mit ihm auch mein Leben,
Könnt' ich nur hören, wie's mit dem Gefecht
Jetzt steht,

Sardanapal und Soldaten treten auf.

Sardanapal. Mein liebster Bruder!

Salimenes. Und die Schlacht,
Ist sie verloren?

Sardanapal *(mutlos)*. Ich bin hier.

Salimenes. Ich säh'
Dich lieber so. *(Zieht den Speer aus der Wunde und stirbt)*

Sardanapal Und so soll man mich sehn,
Wenn den Entsatz, das letzte schwache Rohr,
An das sich unsre matte Hoffnung klammert,
Nicht Ofratanes bringt.

Myrrha. Hast du nicht noch
Die Botschaft von dem Sterbenden empfangen,
Du möchtest Zamis übertragen den
Befehl?

Sardanapal. Jawohl!

Myrrha. Und wo ist Zamis?

Sardanapal. Tot.

Myrrha. Altada?

Sardanapal. Nah' dem Tod.

Myrrha. Und Pania? Sfero?

Sardanapal. Am Leben noch ist Pania, Sfero flüchtig,
Vielleicht gefangen auch. Ich bin allein!

Myrrha. Und ist denn alles aus?

Sardanapal. Noch mag der Wall,
Wenn auch nur dünn besetzt - vorausgesetzt,
Dass nicht Verrat uns überwältigt - halten;
Jedoch im offnen, Feld -

Myrrha. Ich dacht', es wär'
Von Salimenes fest beschloss'ne Sache,
Erst dann zu wagen eine Ausfallsschlacht,

Wenn ihr durch den erwarteten Sukkurs
Verstärkt –

Sardanapal. Ich setzte meinen Willen durch.

Myrrha. Der Fehler war der Fehler eines Helden.

Sardanapal. Jedoch verhängnisvoll! – Oh teurer Bruder!
Könnt' ich zurück dich rufen, freudig gäb'
Ich diese Reiche hin, von denen du
Die Zierde warst, das Schwert, der Schild, der eine,
Des Ehre alles andere gesühnt!
Doch weinen will ich nicht um dich; du sollst
Betrauert werden, so wie du's gewollt
Am meisten schmerzt es mich, dass du dies Leben
Verlassen konnt'st im Glauben: Ich werd' das,
Wofür du starbst, verächtlich überleben:
Die alte Königswürde unsres Hauses!
Erring' ich wieder sie, so will ich dir
Das Blut von Tausenden als Sühne opfern,
Die Tränen von Millionen – die der Edeln
Sind dein bereits! – Wo nicht, so treffen wir
Uns wieder bald, wenn weiter lebt der Geist
In uns. Dann lies'st in meinem du und lässt
Gerechtigkeit mir widerfahren. Lass
Die Hand mich noch einmal, die warm noch, fassen,
Dein Herz, das nicht mehr schlägt, an dieses drücken,
Das jetzt so schmerzlich klopft. *(Umarmt den Leich-*

nam). Nun traget mir
Den Leichnam weg.

Soldat. Wohin?

Sardanapal. In mein Gemach!
Legt unter meines Thrones Himmel ihn,
Als ob der König selbst dort läg'. Nenn dies
Geschehen, sprechen weiter wir davon,
Welch Totenfest wir solcher Asche schulden.

Die Soldaten ab mit dem Leichnam des Salimenes. Pania tritt auf.

Sardanapal. Hast du die Wachen ausgestellt, mein Freund?
Und die Befehle nach dem Plan erteilt?

Pania. Ich hab' gehorcht, mein König!

Sardanapal. Hält auch noch
Der Mut der Leute vor?

Pania. Mein Fürst?

Sardanapal. Ich weiß
Genug! Wenn zwei Mal ein Monarch was frägt,
Und eine Frag' erhält als Antwort auf
Die Frage, ist's ein schlimmes Zeichen. – Nun,
Sie sind entmutigt?

Pania. Salimenes Tod
Und das Triumphgeschrei der Feinde, da
Er fiel, hat sie –

Sardanapal. Entflammt sollt's heißen, nicht
Gelähmt. Doch finden wir die Mittel schon,
Aufs Neue zu beleben ihren Mut.

Pania. Solch ein Verlust könnt' einen Sieg umfloren.

Sardanapal. Wer fühlt dies, ach, wie ich? Doch eingesperrt
In diesen Wall selbst, sind wir stark und draußen
Gibt's Scharen noch, die sich durch Heere schlagen,
Um ihres Herrschers Haus als das zu schaun,
Was es einst war – als ein Palast, nicht als
Gefängnis oder Burg.

Ein Offizier tritt hastig ein.

Sardanapal. Dein Antlitz scheint
Ein Unheil zu verkünden, sprich!

Offizier. Ich wag'
Es nicht.

Sardanapal. Du wagst es nicht? Da Tausende
Sich zu empören wagen, in der Hand
Das Schwert! – Das ist doch seltsam. Bitte brich
Dies zartgefühlte Schweigen, das den König
Zu kränken scheut. Wir können Schlimm'res hören,
Als du zu sagen hast.

Pania. Mach fort! Du hörst's.

Offizier. Der Wall, der uns an Stromes Rand umschloss,
Ist eingestürzt. Der Euphrat, angeschwellt

Vom Regen dieser letzten Tage, schoss
Mit Macht vom Hochgebirge her und über
Die Ufer flutend riss er ein das Werk.

Pania. Das ist ein böses Omen! Heißt's nicht längst:
Die Stadt werd' niemals weichen einem Feind,
Bis auch der Strom ihr feindlich tret' entgegen.

Sardanapal. Das Omen macht mir nichts, der Wallbruch wohl!
Wie viel vom Wall ist denn hinweggerissen?

Offizier. Wohl gegen zwanzig Stadien.

Sardanapal. Und das
Liegt alles offen nun dem Feind?

Offizier. Für jetzt
Verhindert schon des Stromes wilde Wut
Den Angriff dort; doch wenn er sinkt
In sein gewohntes Bett, und dann von Booten
Wie sonst befahren werden kann, fällt der
Palast in Feindes Hand.

Sardanapal. Das soll er nicht!
Und hätten sich auch Menschen, Elemente,
Ja alle Götter gegen mich verschworen,
Der nie sie reizte, soll mein Vaterhaus
Doch eine Höhle nicht für Wölfe werden,
Sich drin zu mästen und zu heulen – nie!

Pania. Wenn Ihr's genehmigt, eil' ich nach dem Ort
Und treff' zur Sicherung des leeren Raums
Vorkehrungen, wie Zeit und Zeug erlauben?

Sardanapal. Geh' gleich dahin, und bring' so schnell als es
Genaue Untersuchung mag verstatten,
Bericht vom wahren Zustand dieses Werks
Der Wasser mir. *(Pania und der Offizier ab)*

Myrrha. Dass nun die Welle auch
Sich gegen dich empört!

Sardanapal. Die ist mir ja
Nicht untertan, mein Kind! Man muss verzeihn,
Da man sie doch nicht strafen kann.

Myrrha. Es freut
Mich, dass die Vorbedeutung dich nicht schreckt.

Sardanapal. Darüber bin ich jetzt hinaus. Ein Omen
Kann nichts mir sagen, was seit Mitternacht
Ich mir nicht selbst gesagt. Verzweiflung kommt
Derartigem zuvor.

Myrrha. Verzweiflung?

Sardanapal. Nein!
Nicht grad' Verzweiflung. Wenn wir alles wissen,
Was kommen kann, und wie wir ihm begegnen,
Mag unser Entschluss, wenn er fest nur ist,
Ein edleres Bezeichnungswort verdienen.
Doch was sind Worte jetzt! Wir haben ja
Mit ihnen fast und allem abgeschlossen!

Myrrha. Mit einem nur noch nicht, dem Letzten, Größten
Für jeden Menschen: mit der Tat, die alles

Krönt, was da war und ist und sein noch wird,
Mit jenem Ding, das allen ist gemein,
Wie auch Geburt, Geschlecht und Sprache sei,
Gesicht und Farbe, Klima, Zeit, Gefühl,
Mit jenem einzigen Verbindungspunkt,
Nach dem's uns zieht, für den wir einst geboren
Und das geheimnisvolle Labyrinth
Betreten haben, das man Leben nennt.

Sardanapal. Da unser Faden bald nun abgelaufen.
So seien wir noch fröhlich! Wer nichts mehr
Zu fürchten hat, mag lächeln über das,
Was einstmals ihn geschreckt, wie Kinder, wenn
Sie eines Popanz wahres Wesen schaun.

Pania tritt wieder ein.

Pania. Es ist, wie dir gemeldet ward. Ich habe
Nun eine doppelte Bewachung hin-
Gestellt, die ich vom Walle nahm, wo er
Am stärksten ist, um jene Lücke, die
Der Strom gerissen, besser, zu bewachen.

Sardanapal. Du hast getreulich deine Pflicht getan,
Und weil, mein braver Pania, jenes Band,
Das uns vereint, nun bald sich lösen wird,
So nimm, ich bitte, diesen Schlüssel hier: *(Gibt ihm einen Schlüssel)*
Er öffnet ein geheim erbaut Gemach
In meiner Kammer hinter jenem Bett,
– Das eine bess're Last als jemals trägt,
Obwohl ein groß Geschlecht von Herrschein schon

In seinem goldenen Gefüge lag,
Da's nun umschließt, was Salimenes war –
Such' den geheimen Raum, zu dem dies führt,
Von Schätzen ist er voll. Nimm sie für dich,
Für dein Gefolg'. Genügend ist's, um euch,
Und wärt ihr noch so viele, zu bereichern.
Lass alle Sklaven frei; und wer nur den
Palast bewohnt, was sein Geschlecht auch sei,
Soll ihn in dieser Stunde noch verlassen.
Die königlichen Boote, einst zur Lust
Erbaut, sie sollen jetzt zur sichern Flucht
Euch dienen. Lass ins Wasser sie und schiff'
Dich ein. Der Strom ist breit und angeschwollen
Und lässt sich – mächt'ger als der König – nicht
Von diesen Meut'rern kommandieren. Flieh,
Sei glücklich!

Pania. Unter Eurem Schutz, wenn Ihr
Die Euch Getreuen selbst begleiten wollt.

Sardanapal. Nein, Pania! Das darf nicht sein! Zieh' hin
Und überlasse meinem Schicksal mich.

Pania. Es ist zum ersten Mal, dass ich Euch nicht
Gehorch', allein –

Sardanapal. So wagt's ein jeder, mich
Am Bart zu zupfen, und die Keckheit hier
Äfft den Verrat von draußen nach? Frag' mich
Nichts mehr, 's ist mein Befehl, mein letzter ist's,
Willst du ihm widerstreben? Du?

Pania. Nicht doch –
Nicht doch!

Sardanapal. So schwör', dass du gehorchen willst,
Wenn das Signal ich geb'.

Pania. Mit schwerem, doch
Getreuem Herzen, Herr, versprech' ich's dir.

Sardanapal. Das ist genug! Jetzt lasse Reisig bringen
Und Tannenzapfen und verwelkte Blätter,
Kurz solche Dinge, die leicht Feuer fangen,
Auch Zedern schaffe her und sein Gewürz
Und Spezerei'n und mächt'ge Scheiter Holz,
Um einen großen Holzstoß zu erbaun;
Auch Weihrauch bring' und Myrrhen, denn ich will
Den Scheiterhaufen hohem Opfer weihn,
Und häuf' es rund um jenen Thron.

Pania. Oh Herr!

Sardanapal. Ich hab's gesagt, und du hast mir geschworen.

Pania. Und würd' mein Wort auch ohne Eidschwur halten. *(Pania ab)*

Myrrha. Was sinnest du?

Sardanapal. Bald sollst du das erfahren,
Was nimmermehr die Welt vergessen wird.

Pania lehrt mit einem Herold zurück.

Pania. Mein König! Im Begriff zu tun, was du
Gebotst, ward mir der Herold zugeführt,
Der um Gehör ersucht.

Sardanapal. Er möge sprechen.

Herold. Arbaces, unser König –

Sardanapal. Wie, ist schon
Gekrönt der Mensch? Doch weiter!

Herold. Und Belesis,
Der neugesalbte Hohepriester auch –

Sardanapal. Von welchem Teufel oder Gott? Denn mit
Dem neuen Könige erhob sich sicher
Ein neuer Altar auch. – Doch fahre fort!
Du bist ja da, um deiner Herren Willen
Hier zu verkünden, nicht mir Red' zu stehn.

Herold. Und Ofratanes –

Sardanapal. Oh der hält zu uns!

Herold *(zeigt einen Ring)*. Glaubt mir, er ist im Lager
jetzt der Sieger,
Seht seinen Siegelring.

Sardanapal. Er ist's, fürwahr!
Ein würdiges Triumvirat! Du bist
Zur rechten Zeit gestorben, armer Bruder,
Dass du nicht auch noch den Verrat gesehn.
Der Mann war dein getreuer Freund und mein
Vertrauenswürdigster Satrap. – Mach fort!

Herold. Sie bieten dir das Leben an und lassen
Die Wahl dir, einen Wohnort auszusuchen
In einer der entfernteren Provinzen,
Wo du bewacht, doch als Gefangner nicht,
In Frieden deine Tage mögst beschließen,
Mit der Bedingung, dass du die drei Prinzen
Als Geisel lieferst aus!

Sardanapal *(ironisch)*. Die edlen Sieger!

Herold. Der Antwort harre ich.

Sardanapal. Was Antwort, Sklave?
Seit wann entscheiden Sklaven denn das Los
Der Könige?

Herold. Seitdem sie frei geworden.

Sardanapal. Sprachrohr der Meuterei! Du wenigstens
Sollst des Verrates Strafe fühlen, bist
Du gleich sein Stellvertreter nur. He Pania!
Lass seinen Kopf von unsern Wällen schleudern
Ins Lager der Rebellen, in den Strom
Den Leib! Hinweg mit ihm! *(Pania und die Wachen ergreifen ihn)*

Pania. Nie habe ich
Mit größerem Vergnügen Euch gehorcht.
Hinweg mit ihm, Soldaten! Doch befleckt
Die Königshall' nicht mit Verräterblut.
Macht's draußen aus mit ihm!

Herold. Ein einzig Wort:
Mein Amt ist heilig, König!

Sardanapal. Ist's etwa
Das meine nicht, dass du so kommen kannst
Und wagst's zu bieten, dass ich's niederlege?

Herold. Ich habe dem Befehl gehorcht, weil, wenn
Ich's weigerte, das gleiche Los mich traf,
Das jetzt mir droht, da ich gehorcht.

Sardanapal. So sind
Monarchen denn, die eine Stunde alt,
Ganz so despotisch wie die Könige,
Die schon als Wickelkind im Purpur lagen
Und von Geburt an auf dem Throne saßen!

Herold. Mein Leben hängt an einem Hauch von Euch,
Das Eurige – in Demut sprech' ich's aus –
Ist ohne Zweifel wen'ger kaum bedroht.
Ist es nun schön, wenn Ihr die letzte Stunde
Von einem Haus, wie Nimrod's, noch benützt,
Um einen armen Herold hinzuwürgen,
Der friedlich, waffenlos, sein Amt erfüllt,
Und alles so zu kränken, was nicht nur
Als heilig zwischen Mensch und Menschen gilt,
Nein, was uns noch mit heilg'rem Band
An unsre Götter knüpft?

Sardanapal. Da hat er Recht.
Lasst frei ihn ziehn! Mein letzter Lebensakt
Soll keiner sein des Zorns. – Da, Bursche, nimm *(Gibt ihm einen goldenen Becher von einem danebenstehenden Tisch)*

Den gold'nen Becher hier! Trink deinen Wein
Daraus und denke meiner oder schmelz'
Zur Barre ihn, und denke nichts als was
Er wiegt und wert.

Herold. Ich dank' Euch doppelt für
Mein Leben und dies köstliche Geschenk,
Das es noch werter macht. - Doch soll ich nicht
Auch eine Antwort haben?

Sardanapal. Ja! Ich bitte
Um eine Stunde Waffenruh, mich zu
Bedenken.

Herold. Eine Stunde nur?

Sardanapal. Nur eine!
Wenn sie verflossen ist, und deine Herrn
Vernehmen nichts von mir, so will das heißen,
Dass die Bedingung ich verworfen hab'.
Dann mögen sie nach Gutbefinden handeln.

Herold. Ich werde nicht verfehlen, Euern Willen
Getreulich zu berichten.

Sardanapal. Noch ein Wort!

Herold. Ich werd' es nicht vergessen, was es sei.

Sardanapal. Empfehl Belesis mich und sage ihm:
Eh' dieses Jahr vergeht, beruf' ich vor
Mein Antlitz ihn.

Herold. Wohin?

Sardanapal. Nach Babylon!
Von dort aus wird er wenigstens dann vor
Mein Antlitz treten.

Herold. Wörtlich werd' ich's ihm
Vermelden! *(Herold ab)*

Sardanapal. Pania! – Nun, lieber Pania!
Geh' rasch an das, was ich befahl.

Pania. Mein König,
Bereits sind die Soldaten abgeschickt
Und schau, da kommen sie!

Soldaten treten ein und erbauen einen Holzstoß um den Thron.

Sardanapal. Noch höher, Freunde!
Und dichter noch! Und macht es so, dass nicht
So rasch der Grund in dünner Flamme sich
Verzehr', noch auch sich löschen lass' durch das,
Was dienstbefliss'ne Hilfe bringen könnte.
Mein Thron soll recht die Mitte davon sein;
Ich möchte ihn den neuen Herren nur
Mit unlöschbarer Glut befrachtet lassen.
Baut mir das Ganze auf, als gält's die Burg
Von unsrem größten Feinde zu entflammen.
– Nun sieht's was gleich! – Was meinst du, Pania?
Reicht das für eines Königs Leichenfest?

Pania. Oh Herr, für eines Königreichs! Ach jetzt
Versteh' ich Euch!

Sardanapal. Und tadelst mich?

Pania. Oh nein!
Lasst mich den Holzstoß nur in Flammen setzen
Und mit Euch teilen ihn.

Myrrha. Der Dienst ist mein.

Pania. Wie? Eines Weibs?

Myrrha. Es ist Soldatenpflicht,
Zu sterben für den Kriegsherrn; warum soll
Das Weib denn nicht mit dem Geliebten sterben?

Pania. Das ist ganz ungeheuerlich!

Myrrha. Oh nicht
So sehr, als, Pania, du glaubst. Indessen
Leb' du! – Ade! Der Holzstoß ist bereit.

Pania. Ich würd' mich schämen, meinen Herrn zu lassen,
Dass nur ein Weib sein Ende teilen sollt'!

Sardanapal. Schon allzu viele sind als Herold mir
Voraus ins Grab geeilt. Zieh fort von hier,
Bereich're dich!

Pania. Und leb' als Hund!!

Sardanapal. Denk', was
Du schwurst; unwiderruflich, heilig ist's!

Pania. So leb' denn wohl!

Sardanapal. Durchsuche gründlich mein
Gemach. Nimm's nicht so schwer, das Gold zu holen.

Bedenke, was du lässt, fällt an die Brut,
Dich mich gestürzt. Hast du dann alles sicher
Nach deinen Booten fortgebracht, so lass,
Wenn du das Schloss verlässt, noch einen langen
Trompetenstoß ertönen; denn das Ufer
Ist zu entfernt, der Strom zu rauschend jetzt,
Als dass von dorther noch ein Echo käme.
Dann flieh' und schaue unterwegs zurück,
Setz' dann die Fahrt im Euphrat weiter fort,
Und wenn du Paphlagonien erreichst,
Woselbst die Königin mit meinen Söhnen
An Cottas Hof in Sicherheit verweilt,
So melde ihr, was du beim Scheiden sahst
Und bitte sie, des eingedenk zu sein,
Was ich bei einem trübern Scheiden sprach.

Pania. Oh lass mich diese königliche Hand
Nur einmal noch an meine Lippen drücken,
Und reich' sie den Soldaten auch, den Armen,
Die ja so gern für dich gestorben wären.

Pania und die Soldaten drängen sich um ihn und küssen ihm die Hand und den Saum des Kleides.

Sardanapal Oh meine treu'sten, meine letzten Freunde!
Nicht allzuweich lasst uns einander machen.
Geht rasch! Jed' Lebewohl sollt' schnell sein, wenn's
Für ewig ist, sonst macht's die Augenblicke
Zur Ewigkeit, und lastet noch mit Tränen
Des Lebens letzte traur'ge Körner Sands.
Geht und seid glücklich! Glaubet mir, ich bin

Jetzt nicht mehr zu beklagen, – oder mehr
Ob des Vergangnen als der Gegenwart –
Denn unsre Zukunft steht ja in der Hand
Der Götter, wenn es welche gibt. Das werd'
Ich bald nun wissen. – Jetzt lebt wohl – lebt wohl!
(Pania und die Soldaten ab)

Myrrha. Das waren brave Leute! 'S ist ein Trost.
Dass unsre letzten Blicke noch auf liebe
Gesichter trafen.

Sardanapal. Und auf liebliche,
Mein holdes Herz! – Doch höre mich! Wenn du
In diesem Augenblick – denn jetzt stehn wir
Am Rand! – ein innerlich Entsetzen fühlst
Vor jenem Sprung ins Jenseits durch die Flammen,
So sag's! Ich werd' nicht weniger dich lieben,
Ja mehr vielleicht, weil der Natur du folgst,
Und noch ist's Zeit, dass du entrinnen kannst.

Myrrha. Soll eine von den Fackeln ich entzünden,
Die bei der ew'gen Lampe draußen liegen,
Vor Baals Altar, dort in dem Vorgemach?

Sardanapal Tu so! Ist deine Antwort dies?

Myrrha. Du sollst
Es sehen. *(Myrrha ab.)*

Sardanapal *(allein)*. Sie ist fest. – Ihr, meine Väter,
Zu denen ich nun komm' durch meinen Tod
Vielleicht gereinigt von den groben Flecken
Zu sinnlicher Natur! Ich möchte nicht,

Dass euer alter Königssitz vom Fuß
Empörten Bauernvolks geschändet werde.
Wenn euer Erb' ich nicht erhalten konnte,
Wie ihr mir's ließt, nehm' ich den schönern Teil,
Den Schatz, die Säle und die heil'gen Reste
Von Waffen, Beute und Erinnrungszeichen,
Worin die wüste Brut gewühlt nur hätte,
Jetzt mit zu euch in jenem Element,
Das alles löst und ganz der Seele gleicht.
Weil's nur den kleinsten Teil des Stoffes nicht
In seiner Glut verzehrt. Und dieser Brand
Des königlichsten aller Scheiterhaufen
Soll nicht nur eine Säule sein von Feuer
Und Rauch, ein Leuchtturm für den Horizont
Von einem Tag, und dann ein Aschenberg,
Vielmehr ein Licht, Jahrhunderten zu leuchten,
Rebell'schen Völkern, allzu üpp'gen Fürsten.
Die Zeit wird manches Volks Annalen
Und manches Helden hohe Taten löschen,
Wird Reich um Reich, wie dieses erste Reich
In nichts verwehn; doch aufbewahren wird
Sie meine Tat, ja als ein Werk sie nennen,
Das Wen'ge nachzuahmen wagen keiner
Verachten wird, wenn Mancher auch ein Leben
Vermeiden mag, das solch ein Ende nahm.

Myrrha kehrt mit einer angezündeten Fackel in der einen Hand und einer Schale in der andern zurück.

Myrrha. Sieh da die Lampe, die uns leuchten soll
Zum Sternenkreis!

Sardanapal Und diese Schale hier?

Myrrha. Es ist die Sitte meines Vaterlands,
Trankopfer darzubringen unsern, Göttern.

Sardanapal Und meine ist's, den Menschen sie zu bringen.
Ich habe meine Sitte nicht vergessen,
Und bin ich auch allein, will einen Trunk
Zum Angedenken manchen frohen Mahls
Ich tun.

Sardanapal nimmt die Schale, trinkt und schüttelt die umgekehrte Schale aus. Wie ein Tropfen fällt, ruft er:

Und dieses Opfer hier gehört
Dem trefflichen Belesis!

Myrrha. Ei warum
Verweilt dein Geist bei diesem Manne mehr
Als beim Genossen seiner Schlechtigkeit?

Sardanapal. Der ist Soldat nur, Werkzeug, eine Art,
Von Menschenschwert in eines Freundes Hand,
Der andre ist der eigentliche Hebel
Des kriegerischen Puppenmanns. Jedoch
Ich werfe sie aus meiner Seele nun! –
Hör', Myrrha, folgst du wirklich mir
Ganz frei und ohne Furcht?

Myrrha. Und glaubst du denn,
Ein Griechenmädchen wag' aus Liebe nicht,
Was Inderwitwen des Gebrauchs halb tun?

Sardanapal. Dann haben wir des Zeichens nur zu harren.

Myrrha. Lang' dauert's, bis es schallt.

Sardanapal. Und jetzt leb' wohl,
Ein letzt Umarmen noch!

Myrrha. Umarmen ja,
Doch nicht das letzte schon! – Noch eines kommt.

Sardanapal. Ja, wenn das Feuer unsre Asche mischt.

Myrrha. Und rein wie meine Lieb', soll sie befreit
Von Erdenschmutz und ird'scher Leidenschaft,
Sich bleich mit deiner mischen. Ein Gedanke
Nur quält mich noch.

Sardanapal. Der ist?

Myrrha. Dass Freundeshand
Nicht, unsern Staub in eine Urne senkt.

Sardanapal. Nur umso besser! Lieber, möge sie
Des Himmels Wind in alle Lüfte tragen,
Als dass die Hand von Sklaven und Verrätern
Sie noch befleckt. In diesem flammenden
Palast, der Riesenwälle rauchendem
Ruin errichten wir ein edler Denkmal,
Als dies Ägypten einst in seinen Bergen
Von Ziegelstein ob toten »Fürsten« tat,
Vielleicht auch »Färsen«, denn niemand weiß ja recht,
Ob diese stolzen Pyramiden für

Monarchen waren, oder Apis Stamm
Erbaut. Was wollen solche Male heißen,
Die urkundlos vergess'ne Größen feiern?

Myrrha. So leb' denn wohl, du Erde! Lebe wohl
Du schönster Erdenfleck, mein Ionien!
Sei du noch frei und schön, und weit entfernt
Von der Zerstörung Hand! Mein letzt Gebet
Sei dein, dein meine letzten Erdgedanken,
Nur einer nicht.

Sardanapal. Und der?

Myrrha. Ist dein!

Die Trompete Panias tönt aus der Ferne.

Sardanapal. Horch!

Myrrha. Jetzt! –

Sardanapal. Ade Assyrien! Heiß hab' ich dich
Geliebt, mein Vater-, meiner Väter Land!
Und mehr als Heimat denn als Königreich!
Ich sättigte mit Lust und Frieden dich;
Dies ist mein Lohn! So danke ich dir nichts,
Auch nicht ein Grab. – Jetzt, Myrrha! *(Er besteigt den Holzstoß)*

Myrrha. Bist bereit?

Sardanapal. Wie deine Fackel dort.

Myrrha zündet den Holzstoß an.

Myrrha. Es brennt! Ich komme!

Während Myrrha vorwärts springt, um sich in die Flammen zu stürzen, fällt der

Vorhang.